長大了
才明白的
二三事

王迪詩 著

目錄

第 1 章——衰到貼地，原來還有轉機

第8章——連你都不喜歡自己，別人如何喜歡你？

第 9 章——要學懂生活，而不是生存

第10章——不要勉強自己，即使對父母親人

第11章——放棄也是一種成熟

第12章——贏了，不需要告訴別人

人生應該是浪漫的。
不是說燭光晚餐,
而是明知生活很不容易
仍偏要做我喜歡的事.
明知世間壞人很多
仍相信有人會真心待我.
就算因此而吃虧,無妨.
豪畀你,又如何?

王迪詩

第 1 章

被討厭，
也並非世界末日

笑得比嘲笑我的人
更大聲

大學二年級的暑假，我與一個女同學 backpack 到尼泊爾旅行，聘了當地一名導遊和一位挑夫，帶著我們步行上喜瑪拉雅山差不多四千米，在山上住了幾天，看了彩虹，再帶我們下山。上山時導遊先生很照顧我們，下山卻 hea 爆趕收工，跟挑夫自顧自走在前頭。山路十分陡峭，我和女同學慢慢走得很小心，轉眼他倆就連影兒也不見了。

我們兩個女生在荒山野嶺走著，被天空和大地環抱，空氣清淨得感覺連肺都要變透明起來。正當我們坐在一塊大石歇息，遠處的草堆突然動了聲色。「不會是野獸吧？」女同學問，我們屏息靜觀，沉默卻突然被一陣尖聲怪笑劃破，一黨十數人的尼泊爾少年從草堆後面撲出，眼神不懷好意地朝這邊走來，把我們團團圍住。他們最小的大概十二歲，最大是十六歲左右吧，有男有女，都是山上的孩子，強壯而矯捷。他們盯著我和女同學的臉看，一邊叫囂，指手劃腳，嘰嘰喳喳尖聲狂笑。雖然聽不懂，但從語

調和神態，好明顯他們正在嘲笑我和女同學，不知笑什麼，可能是我們的膚色、樣貌、戴著眼鏡或穿著牛仔褲。我裝作鎮定，其實心裏怕得要死，並非害怕嘲笑，而是怕他們打我，十幾個少年足以將我們活活打死。

這時，我那位女同學竟也突然笑起來！我以為她嚇傻了，只見她把兩手當枕頭墊在腦後，很寫意地躺了下來，跟我說：「梗係成世人未見過眼鏡啦！大驚小怪。」童黨居然被女同學的「反嘲笑」拋窒，止住了笑聲，交頭接耳，見我倆一副悠然自得（我當然是裝出來的），又大聲罵了我們幾句，女同學悶得打起呵欠來，童黨無奈走了。

後來我發現自己在職場上也遇到類似局面——被圍攻、嘲笑、孤立。開始寫專欄後，在網上受到攻擊就更常見了。有時我會想起那位女同學，她那「I don't give it a shit」的笑聲，我也不禁笑了。

Insight

- 明明沒有得罪人，明明只是經過的路人甲，卻無緣無故被看中成為被欺凌的對象，你也曾在職場或生活上有過這種經驗嗎？要是因此而焦慮不安、痛苦難過，欺凌者就最開心了。

- 沒有自信的人，才需要透過裝腔作勢、蝦蝦霸霸來抬高自己，引人注意，填補自己一直被人當透明的不安。

- 直接拿對方當透明，完全不受嘲笑影響心情，繼續自得其樂，欺凌者就會不知所措，就像照鏡子也受不了鏡中愚蠢無聊的自己。

這種苦日子會有
完結的一天嗎？

以前我寫作總是避免用「好」字。太籠統了，泛泛而談是寫文章的大忌。後來人開始成熟，漸漸喜歡用「好」字，原來用這個字並非因為詞窮，而是因為這是唯一合適的字，明白的讀者自然能讀出這「好」字的含意，不明白的解釋三萬字也不會明白。所以，隨心。

世上有「能即時明白」和「不能即時明白」兩種道理

——這是電影《日日是好日》的一句說話。這部日本電影講的是茶道，而茶道其實就是人生。改編自茶道教授森下典子《日日是好日——茶道帶來的十五種幸福》一書。女主角典子由二十歲開始學習茶道，逢星期六從無間斷，一習二十四年。這是一部細水長流的電影，沒有大起伏的劇情，

但以下仍會透露一些我認為很有意思的對白和內容，若你不想「劇透」，就在這裏停步吧。

性格外向、熱愛闖蕩的表姐竟在畢業後三年選擇回鄉相睇，結婚生仔，因為「繼續在公司做下去也是一樣吧。」典子對前途感到一片迷茫，她想成為職業作家的路並不順利，青春卻一瞬即逝，應該妥協嗎？茶道先重形，經年累月重複又重複做著同樣的動作，不要用腦去想，毋須問為什麼，然後有一刻突然得心應手，好比彈琴，熟練到超越了技巧就可以在意識的領域漫遊了。用五官感受季節的變化，聽雨，看雪，典子發現熱水與冷水滴落杯子的聲音原來是不同的。茶道老師說：負重若輕，負輕若重。

即使為同一位丈夫、同一班人奉茶，
每次奉茶都要當是最後一次。

數十年來，茶道老師每年新年都會跟一班學生品茶，「能夠與同一班人多年來重複做著同一件事，是非常幸福的。」茶道陪伴典子走過迷茫的年代、失戀的傷痛、未能及時盡

孝的愧疚，經歷歲月沉澱，發現四季的變化、人生的順逆
自有不同風景，寒冬和低谷也自有它們的意義。無論環境
如何，日日是好日。

Insight

- 小時候總覺得自己有用不盡的時間，還嫌時間過得太
  慢；總覺得父母永遠都在身邊，還嫌他們太煩，長大了
  才明白原來並非理所當然。人會死，青春有限，一切都
  有 quota。既然如此，為何還要浪費有限的人生在一份
  你不喜歡的工作上？為何還要浪費寶貴的青春在一個不
  配的人身上？

縱使你一番好意，總會有人懷著惡意去看你

朋友 Horace 搭的士，下車時說零錢不用找了，女司機問：「為什麼？」朋友說：「剛才下雨，我拿著外賣撐著雨傘很狼狽時，你特意駛過來載我嘛，謝謝你啊。」女司機握著零錢，哭了。朋友問為什麼，女司機說：「剛剛我放下的女乘客，她說我沒有停在她想停的地方，不斷罵我。我只是見下大雨，她沒帶傘，我想放她在遠一點點有蓋的位置下車，剛好錶跳了一下⋯⋯唉⋯⋯」嘩，跳了一下錶，香港人，火都嚟。

「只是她罵到了我的痛處，是的，我是真的計著那一個幾毫，我是沒有老公，單親有女兒要養⋯⋯」那位女乘客罵了這番話：「做女人做到你咁都真係慘，一個幾毫都想呃！睇死你仲要揸的士貪埋嗰少少錢養家，一定係老公走佬啦，你唔會明我呢啲，係有老公落嚟遮我㗎！佢到喇，

我落車喇！你咪大力閂門呀！我件衫濕咗我老公告你㗎！你賠唔起囉！毫子我唔要喇，畀你啦！」

其實，你和我也會遇到這種人。

2018年的夏天，當時我正在刀山油鑊裏為九月的演唱會全力奮鬥。由於休息嚴重不足，我病倒了。但眼看日曆一天天倒數，想到買了票的觀眾一定非常期待，還是覺得不能鬆懈要繼續練習，就在這時我收到一位讀者的電郵：「算吧！無論你怎樣努力，都不會有人有興趣來看你的什麼演唱會！」

事緣我早前發了電郵給曾來我 talk show 的觀眾，因為他們曾聽過我現場唱歌彈琴，便跟他們分享演唱會預訂消息，這位女士不滿我重複發了電郵給她，來信說：「你是寫作的，學人開演唱會也真厲害，可是你難道不知重複發電郵是 freaking annoying？好心你 upgrade 一下你的 marketing skills。我本人是大公司的 PR & marketing director，有資格教訓你有餘。不過算吧，無論你怎樣努力，都不會有人有興趣來看你的什麼演唱會！」我回信就電郵重複了向她

道歉。用Gmail發出去的電郵有些打回頭，我以為那封電郵沒發到，所以重發，也許不知為何最終那封打回頭的她也收到了，我對於重複了感到很抱歉，而她也沒說錯，我確實沒有什麼「marketing skills」，背後也沒有大財團。「公司」是有的，全公司只我一人。

說了以上女司機和我自己的經歷，是想告訴大家：

縱使你一番好意，總會有人懷著惡意去看你。有些人說話難聽過粗口，知道什麼對你最重要，就朝著那處用力捅下去。當遇到這種人，不用理他，千萬不要懷疑自己，一定要相信自己。

我曾在《下半生，難道就這樣過嗎？》寫道：「人之所以變得麻木，是為了保護自己。起初，心是熱的，卻因此而吃虧了，受傷了，於是漸漸將自己抽離，在周圍築起了一道牆。」有時對人好，反而會換來傷害，於是漸漸不想再

對人好，這正正是我想做這個演唱會的原因，我希望我選的歌，可以告訴大家如何「放下而不放棄」。不要因為送禮物都是一廂情願，就不再為別人送禮物。

很多人一聽到王迪詩要開演唱會就說：「你癲咗！」可能會無人買票，無人入場，蝕到入肉，辛苦一輪還要被人笑，我預咗，但那有什麼大不了？又不是世界末日。重要的是我盡了全力，我試過。無論結果如何，我晚上都睡得很甜。

也有人問我為什麼要花龐大的時間心血去做兩場小規模、就算 full house 也因為成本太高和場數太少而沒錢賺的演唱會，簡單來說就是為什麼要「攞苦嚟辛」？講到天下無敵的人很多，但如果言行不一，這樣的作家根本就不值得讀者繼續看下去吧。既然我寫得出《下半生，難道就這樣過嗎？》，就應該講得出做得到，所以我用行動告訴大家——不要等，不要理會別人的眼光，有想做的事，今天就動手去努力吧！無論你是教師、醫生、的士司機或一位母親，每個人都有自己的舞台，鼓起勇氣跳出 comfort zone，你也可以在你的舞台上發熱發亮。

香港人自小所受的教育都是循規蹈矩，跟隨majority最安全，我們的社會並不鼓勵alternative thinking。按著以往的軌跡重複再做一千次，享受了安全感，然後抱怨自己的人生多麼枯燥乏味，錯過了多少本來應該很精彩的歲月年華。有天突然醒覺，想把一切都追回來，已經太遲。

做「王迪詩『我敢』演唱會」，是為了身體力行告訴大家——我夠膽開演唱會，你有什麼不敢試？很多事情因為以前未試過，我們就會對自己說：「不行的！我一定做不來的！」工作不開心想轉工，好驚；想開展一段新戀情，又驚。其實並不是別人看不起我們，有更多時候關乎我們自己怎樣看自己。不要害怕，勇往直前吧！

不快樂的人太多了，因為工作、愛情或家庭種種原因。我很幸運遇到很多好歌，幫助我渡過失戀、失望，和人生許多難關，我希望把這些歌透過這次「治癒系」演唱會介紹給大家，我會彈琴和演唱一系列英、法、廣東和國語歌。

除了好好放鬆享受音樂，也希望能讓觀眾找到重新出發的
力量。

準備演唱會期間，常有在街上遇見給我打氣的讀者，
「Daisy，演唱會加油啊！」甚至有讀者送來親手煲的冰糖
果皮燉檸檬。就如那位女的士司機，遇到壞乘客，但也碰
到像我朋友那樣的乘客，願意放下自己的事留下來聆聽女
司機訴苦，離開前給她一個擁抱。

如果有能力為別人送上一點甜，為什麼要送苦？

Insight

- 在你的人生裏，有多少講了很久卻始終沒有實行的計畫？曾幾何時，許多人都雄心壯志，滿腹大計，但絕大部分都得個「講」字，時間過去了就後悔，變成一個苦澀、憤世的中年人。我要收入穩定，要人工高，不要叫我 take risk，我也要工作多姿多采，不要悶，不要在死板制度裏聽從白癡腦細的指令。只要稍為用腦想想，都會知道世上不可能有如此便宜的事。很多人卻仍是貪盡這份工帶來的所有好處，同時拒絕接受它的附帶條件。當有人放棄高薪糧準，冒著可能會一敗塗地的風險去闖，捱過苦日子終於能實現夢想，那些貪戀comfort zone 的人心中就充滿嫉妒，苦澀地問：「佢憑乜！」別人成功只是因為好運，誰叫我要供樓養家？人就是這樣，永遠只看見別人的風光，卻看不見人家背後的付出。要供樓養家的人又豈只你一個？

長大了才明白的
二三事

曲詞 / 原唱：王迪詩

[國語版]

小時候　月光又大又亮
我盼望　我想像　世界的瘋狂
我喜歡你　你喜歡我　我們簡簡單單
笑點一樣　哭點一樣

我期待　社會完美的安排
跑跑跑趕快　跑去結婚生孩　買房子像個正常人
我好想你　昨天知己　今天客客氣氣
我只能笑一笑　無法哭泣

生活　生活是什麼？
為什麼討好我看不起的人
我以為一輩子安安份份
一定很快樂
很快樂

小時候　我害怕一個人　可原來我很享受一個人
我等待　我終於長大　卻後悔時間跑得太快
不放棄　卻放下　不再無奈

《長大了才明白的二三事》其實是我作曲填詞的一首
歌，我曾在「王迪詩我敢演唱會」彈琴演唱，意念跟
這本書如出一轍，實在沒有比這首歌的名字更適合作
書名了。演唱會後，收到很多觀眾的電郵和私訊說非
常喜歡這首歌，問有沒有可能再次聽到。現在只要到
www.daisywong.com.hk，click入「簽名書」，下載我
的聲音廣播節目第一集，就可以聽到我彈琴和演唱這首
歌，同時還可聽到我對失戀、工作問題的看法，還有我
用什麼方法去處理。我會在每集聲音廣播節目講一個特

定題目，例如我的健康瘦身飲食心得、美劇電影和好書推介，或會有一集專門講 office politics……想起什麼好笑好玩的題目就會給大家錄一集。若想第一時間知道節目更新，可留意我的：

第 2 章

世上沒有不用付出就能得到的幸福

她有很多男朋友，
卻從未愛過任何人

我認識許多失戀的女人，認識更多連暗戀對象也未曾找到的女人，但要說從未愛過任何人的女人，我只見過一個。

暫且稱她Rachel，樣子有點像韓星宋慧喬，只是比喬妹胖三十磅而已。Rachel一點也不介意別人笑她胖，因為她覺得自己很美，每天高高興興到茶餐廳吃兩個人份的早餐，然後對著鏡子滿意地笑笑，忍不住心想：「嗯，確實很像宋慧喬啊！」她永遠只看到自己美好的一面，但沒有令人討厭的感覺，有時還挺搞笑的，例如一班人在朋友的家裏吃飯，她會突然興致到大喊：「我給你們表演鋼管舞！」眾人看傻了眼，她卻自顧自找張椅子當成「管」，萬分陶醉地扭起那胖胖的屁股來，我們笑到眼淚都跑出來了，她總是自得其樂。

Rachel有很多男朋友，三個月換一次，全都是網上結識的。「在網上聊一下就出來見面，還閃電拍拖，不會太危險嗎？」大家這樣說。「危險？不用擔心啊，我一向都很幸運。」她的確幸運，非但沒有在網上遇過壞人，那些男人還對她不錯，可是她只需要男友陪著玩玩，從未愛過他們任何一人，她一直嘻嘻哈哈地活在自己的世界裏。

Rachel從未愛過任何人，因為她最愛的永遠都是自己。「Hey，到底愛一個人是什麼感覺的？」她托著腮問，表情有點迷惘。這令在座一眾女生哭笑不得，應該羨慕她還是替她難過？

Insight

- 你願意付出多少，去換取生命的深度？如果可以選擇，我寧願失戀受傷也想體會愛人的滋味。縱使傷痕累累，生命卻因此而更有深度。終有一天，那些傷痕會得到一個解釋。

用半生了解自己

一位從小就認識的朋友看了我的書《下半生，難道就這樣過嗎？》，深夜來電說：「突然醒覺自己做這份工已經十年了 (好唏噓的開場白)。做到今時今日，我都好senior，但公司 cut headcount，連本來由哋做的芝麻小事都要我包辦，唉，老細又無能。看完你本書都不禁問自己，下半生難道就這樣過嗎？」

「那你有什麼具體的改善方法？」這傢伙從小到大做任何事都半途而廢，懶到出汁，頭腦又笨，我很好奇他有什麼「大計」。

「我在Facebook看到一個中年日本人娶了他的英文老師，婚後跟老婆移民到澳洲。在那裏，他做回老本行廚師，經營一間偏僻的小店賣壽司，自己在家中的花園種菜。起初沒有生意，建立了口碑以後便客似雲來，澳洲高質素的壽司店不多，很多客人特意駕幾小時車前來幫襯。有了穩定的收入來源，如今做老闆的他每星期只開店三天，其他日子都去衝浪和曬太陽啊。」

「那麼，你也想移民澳洲？」

「全中！上星期已經炒了老細魷魚，我準備同老婆仔女一

齊移民澳洲。」

先別說澳洲會否接受他的移民申請，我真的很有興趣知道他毫無一技之長，在澳洲打算如何維生。

「搞廉航。」

我以為自己聽覺出現問題。

「廉航。就是說我會開幾條由澳洲直飛香港和其他城市的航線，目前的機票太貴了，卻有很多人需要搭飛機去澳洲，我覺得廉航絕對有得做。」

假如我當時正在吃飯，肯定笑到噴飯。我從小就認識這個人，他連一次也未試過準時到赴一餐飯。搞廉航？他連英文都未講得通順，只在網上認識了兩個聲稱是飛機師的人，就幻想自己能在國家和國際層面談判航權、買飛機、聘請機師和空姐、與工會交涉、跟旅行社合作，還有宣傳、銷售、客戶服務……若是以前他做「靚」的時候還未自我膨脹，尚肯聽人意見，我一定會告訴他：「聽我講，你除咗去澳洲賣雞蛋仔，乜都唔好做。」因為他舉家遷去澳洲的生活費和生意資金全由他老爸支付，他父親是退休

中學教師，把畢生積蓄和退休金都拿出來供養兒子全家，我不想老人家連棺材本都丟了。但他自從覺得自己「好senior」之後，就不再聽人意見。既然他本人不想聽真話，我也懶得說了。我覺得只有兩種人有責任對一個已婚男人講真話——一、他的老婆。二、他的父母。連老婆也不講真話，該自己好好檢討一下。

「你另一本書《不怕別人眼光，勇於做自己的十堂課》我也有看呀！就如你所說，我要忠於自己，做生意才是我真正喜歡的事。」

「但我也同時在這本書寫了『做自己之前先要做好自己』、『忠於自己VS衝出嚟？』、『忠於自己與只顧自己只是一線之差』、『不需害怕冷嘲熱諷，只用擔心才華欠奉』等等，你都有看嗎？」

我最怕人看書只看一半，抓住兩句便扭曲全書意思。正如他看那位日本人移居澳洲的影片，只看到衝浪曬太陽的一面，完全忽視人家是擁有二十年經驗、真材實料的壽司師傅，也得承擔開店的風險，說到底他只是不想辛苦就有收穫。

「我這本書是想問你下半生難道想繼續渾渾噩噩,一事無成嗎?虛度上半生不夠,難道還要浪費下半生嗎?有沒有看這一章:『重點不是你做什麼職業,而是你的工作態度』?」

他錯愕地說:「你使唔使咁坦白?」

「你深夜來電,不是為了被一巴摑醒嗎?那就速戰速決,我很睏了。」

說罷掛線,遺下他被摑醒後徹夜難眠。

Insight

- 定下鴻圖大計很容易 (尤其當這項大計由父母出錢),卻不是每個人都料到實踐所需付出的血汗。有實力,又何懼放手一試?是的,前提是「有實力」,所以了解自己很重要。

不是單靠努力
就能成功

舞台劇、演奏會、歌劇、芭蕾舞劇，綵排要比正式演出好看得多，所以我常常請求導演讓我看綵排。大部分事情都是過程比較有趣，結果只是藝術品的一部分而已。人人都愛看舞台上的風光，我卻想看背後的代價，而我想沒有比芭蕾舞星的代價更大了。不是dancer，而是prima ballerina，首席女舞蹈家，芭蕾舞劇的女主角。

State Russian Ballet Moscow 的首席男芭蕾舞家 Dmitry Kotermin 是我偶像，那從頭髮到腳尖散發著的貴族氣質，像天神而不像人類。同團的另一位男首席Vladimir與prima ballerina Anna是戀人，在紀錄片看見他倆的故事，真是心酸又感動啊。古典芭蕾舞畢竟是以女性為中心，Anna光芒四射，Vladimir本身也是頂級舞蹈家，卻沒有像許多男人那樣自我中心，而是一心一意扶助Anna，成就她，保護她。

舞團每年都會去德國巡迴演出一個多月，每天搭四小時旅遊巴，舞蹈員瑟縮在座位睡覺，幾乎沒有假期地天天逐個城市演出，去到最後大家都累得不似人了。巡演結束後通常會有十天假期，有年老闆卻安排在巡演結束後第三天便公演 *The Last Tango*，一部難度極高的黑色芭蕾舞劇，由Anna和Vladimir擔當男女主角，這部劇實在太好看了，看過一次就無法忘記。然而在精彩的演出背後，Anna其實非常緊張，到後半部已筋疲力盡了，完全靠Vladimir支持著，把她像羽毛一樣捧高放低，給她力量，而Vladimir自己又何嘗不是筋疲力盡？Anna就像天上耀眼的星，被許多人奉為女神，Vladimir幽鬱地說，我不能說Anna是100%屬於我的，I have to fight for and fight with Anna。

很多舞者都跟拍檔相戀，卻不是每一對都有美好的結局，Anna能找到一個全心全意愛她的男人是行運行到落腳趾尾，千萬不要錯過啊。後來在Instagram看見他倆結婚了，太好啦！

古典芭蕾舞無論如何都是俄國最優秀了，氣質和技巧就是與別不同，訓練當然也份外嚴苛。孩子由五歲開始跳舞，七、八歲就同幾千人爭幾十個位入俄羅斯頂尖芭蕾舞學

校，還是小學雞就必須節食，女生要瘦到皮包骨跳芭蕾舞才好看，一旦增磅就會立即被學校開除，反正能補上的女孩大排長龍，最折磨人的大概就是那種「隨時可以被取代」的心情吧，一刻也不敢鬆懈，到十幾歲又擔心不獲舞團聘用。長年累月，每天練習七、八小時。有芭蕾舞者說：「沒有一天早上醒來不是全身都痛！人們以為跳舞靠身體，但其實只有20%靠身體，80%靠意志。」

這是一條孤獨的路。在Corps de ballet (群舞)，一班女生感情很好，但一升為soloist其他女生就會開始妒忌，在背後講是非。一個八、九歲的女孩在紀錄片中說，有人在女主角的鞋裏放玻璃碎。女人之間不斷互相比較，友誼裏夾雜著妒忌、欣賞、自卑和愛恨，但當受到外人攻擊又會同仇敵愾，矛盾非常。畢竟能夠從萬千舞者之中脫穎而出成為prima ballerina 實在太難了，憤怒與無奈不斷累積。

即使已經努力到牙血都出了，做不到就是做不到啊。世上有些事情不是單靠努力就能成功，還得看上天有沒有給你通行證。

45

要當首席芭蕾舞星，需要纖瘦的體型、修長的腿、不能太高也不能太矮、樣貌漂亮、骨骼強壯、意志頑強。看過一些國際頂尖芭蕾舞比賽，有些參賽者無可挑剔地做出所有高難度動作，卻就是不好看。芭蕾舞不是運動，而是藝術。若只要求完美地做出所有動作，機械人也能做到吧。Prima ballerina 之所以那麼矜貴，正是因為她們擁有一樣不是靠洪荒之力就能練出來的特質——grace。

Insight

- 羨慕天上耀眼的星星之際，你有想過背後的代價嗎？星星與凡人，兩條截然不同的路，沒有對錯，只有值不值得。

第 3 章

為何千辛萬苦，
也要找到此生最愛？

戀愛暴發戶

T小姐四十三歲，在金融機構上班，月薪近十萬。她單身超過十年之後，某天突然在社交平台出了個post，照片影著一男一女在被窩交纏的腳，再用「汪阿tag」的方式，在照片上畫了箭嘴指著女人的腳趾：「我的新甲油」，另一個箭嘴指著一隻看來屬於男性長者胖胖的腳：「boyfriend」。

　　我們以為T被綁票。若不是遭綁匪威脅，誰會願意把這麼嘔心的照片公開？但很快，T就刊出第二個post，今次見樣。男事主在照片中穿著泳褲，跟身穿泳衣的T小姐在馬爾代夫鴛鴦戲水，她寫道：「Boyfriend swims faster than girlfriend！」之後一連串posts都加上hashtag boyfriend。一晚，T罕有地致電給我，聊了幾句就開始說：「我boyfriend……」我從電話裏聽見一個阿伯在她身旁大喝：「喂！你過咗錢畀我未？」T匆忙掛線。

本來每個人都有權在自己的社交平台上發表生活照，可是T小姐不只post在自己的平台，還tag了無辜的朋友，更在WhatsApp向人類發動疲勞轟炸。我和一班愛聽古典音樂的朋友開了一個group，交換演奏會的資訊。大家都識規矩，在這裏只談音樂，T小姐卻在這裏一日二、三十個post報告她和男朋友的動向，我們唯有瞞著她悄悄開了新group。若是真心，男朋友的年紀、外貌、學歷、身家都無所謂。問題在於她久旱逢甘，春心掩蓋了理性，連自己的行為騷擾了別人也不察覺。

> 久旱逢甘是危險的。
> 若不小心，足以令一位受過高深教育的女性
> 變成諧星。

她做這些行為之前，別人還不知原來她這麼飢渴。做了，就露底。相愛就夠，何必執著別人知道否？有些人窮得太久，突然有了點錢，就會拼命穿金戴銀，拿大聲公向所有

人（包括三十年前已移民加拿大的三姨婆）宣佈：「我發咗達！」也有些人發了達，出了名，對朋友卻像以往一樣，從未變過。

Insight

- 能夠找到相知相愛的人，是最大的幸運。但中了六合彩頭獎以後，你會用什麼態度去過你的人生才是今後能否得到幸福的關鍵。從一個人如何利用好運氣，可看出這個人有多成熟。

- 我知道，好愛，好愛，超愛。但如果那個你最愛的人會大聲呼喝你，而且呼喝的內容還是「喂！你過咗錢畀我未？」，或者應該重溫一下《警訊》。

婚姻恐怖嗎？

婚姻恐怖嗎？我估計一百對夫妻當中，九十九對正在互相折磨。但這不代表我反對結婚，因為也有一對是幸福的，只是中獎的人是否閣下而已。所以我常說，世上最豪的賭徒不在澳門，而在教堂。講一聲「我願意」，你在賭你的終身幸福。

在網上看到報道，一位叫Kenji的男士一年前喪妻，一支抗生素就取了她的性命。他倆初相識已無所不談，可以一連傾五個通宵，每天不會分開超過三小時，興趣、性格、價值觀全都夾到一個點。妻子走後一年，他仍會在WhatsApp發聲音短訊哭著跟她聊天，仍留住她的衣物，無盡思念。與此同時，地球上有幾億對夫妻正在天天互相折磨，恨不得對方早日消失。

情人節那天，充滿黑色幽默地上映了被稱為「讓人不敢結婚的婚姻恐怖片」《幸福定格》（*Love Talk*），導演沈可尚花了七年時間拍下八對夫妻的生活對話，由海誓山盟到不再有激情，在生孩子、婆媳關係上爭吵。一個女人談自己為遷就丈夫的父母受盡委屈，丈夫則重複了十幾次「我是男生我是男生你得記住我是男生」。另一位太太回想自己在大學時愛上那個與她有思想交流的人，婚後這個男人卻變得好陌生。

然而令我印象最深刻的是一對沉默夫妻，氣氛重重地壓下來。

女人問丈夫：「你覺得我很煩嗎？
那我也告訴你，我也覺得你很煩。」

「怎樣煩？」女人沉默了一下，續說：「就是煩。我覺得你很煩。」咬牙切齒，有血有淚，她說「煩」字的時候有種想嘔吐的憎厭。有時連吵都不想吵，那千百根小小的刺，日積月累割出見骨的傷痕。

Insight

- 幾百年來也沒有偉人智者能在這個課題上有什麼「insight」，我也只能感嘆，天天相見，卻不想見；想見的，卻不能見。上天最愛用玩笑將人絆倒，但人又何嘗不愛拿自己開玩笑？千方百計脫離單身，成家立室後卻不開心。我不明白，為什麼婚姻之道會是「忍」？忍得那麼辛苦，為什麼要結婚？

你的老婆如何
你的樣子也必如何

認識Karen很多年了，最近到她家裏吃蛋糕，碰巧鐘點女傭正在整理抽屜，老照片給翻出來，有張單人黑白照讓我大吃一驚。「這……是誰？」Karen意味深長地笑說：「你已不知是第幾個被這張照片嚇倒的人了，尤其是女生，照片裏這男孩帥翻天了吧？」那是個二十歲左右的男生，穿著警察制服，帥到令人呼吸困難，眉宇間的英氣像巔峰時期的木村拓哉，五官則有點像金城武mix彭于晏。「是我大伯。」我張口結舌。「你大伯？就是在你婚禮垂頭喪氣的那位？」Karen點點頭。

我無法掩蓋心中的震驚，他不是變老了，而是徹底變成了另一個人。六十幾歲，滿臉皺紋、頭髮所餘無幾、大肚腩，這都不足為奇。但無論外表變成怎樣，每個人總有一些核心部分，類似精神或意志的東西，是不會隨外表改變

的。即使整容失敗的年邁女星，仍能隱約從她的神態舉止認出昔日的痕跡，眼前這個男人的臉卻是空白的，他成了一個無臉人。

到底這人遭遇了什麼，徹底摧毀了他的內心？
「結婚，生仔。」

Karen 淡然地說。愈是淡然，愈是悲涼。

有時候，毀掉人意志的並非什麼大災難，而是日常生活，滴水穿石，逐點逐點磨蝕一個人的稜角，終歸妥協，變成同其他所有人一樣。

「大伯年輕的時候比明星還要帥啊，很多女生在差館門口等他放工，甚至有女孩找他簽名呢！不知為何，這麼英俊的男孩竟會看上我的伯娘，長得不美，又終日嘮嘮叨叨，怨天怨地，是負能量爆燈的一個女人。其實大伯對她很

好，兩個孩子也很孝順，還有什麼不滿呢？可她就是不開心，我印象中從未見她笑過。」

於是大伯每天上班、下班、湊仔、供樓、聽老婆抱怨、再上班、下班。你的老婆如何，你的樣子也必如何。

Insight

- 男人智慧的最高體現在於揀老婆的眼光。

我們把愛情
想得太複雜了

女友人任職廣告公司，連同網媒和IT部門，男女同事比例各半，這在普遍女多男少的沙漠化職場算是一片綠洲。我問：「有多少女職員在公司裏找到男朋友？」不料答案竟是零。「那班女人嘛，圍在一起就開始逐個踩男同事，這個IQ低，那個沒責任心，另一個反應遲鈍、沒風度、英文差……踩到一文不值。她們全都沒有男朋友，那氣場呀，我老公離遠看見她們都不敢走近。」

對於擇偶，每個人心中都有一份條件清單，說沒有是騙你的，問題是這些條件是否realistic，開出來之前有否自己先照照鏡子。什麼為之「匹配」？我說一個笑話，他識笑，就是匹配。但縱使並不要求有車有樓有父幹加上彭于晏的外貌身形，單純地想找個心地好又志趣相投的人已經好難。另外有些人，更難。在紀錄片看見一個廿一歲英國男

孩，愛玩滑板，長得挺帥，很難相信他找不到女朋友吧？原來他有Tourette Syndrome，會令他不由自主地講粗口。在街上走著，他會不斷問候途人的娘親，跟女生約會時突然大叫「你個淫婦！」，非常尷尬，但他根本無法預計自己會喊出什麼話，人家當他瘋子，這個病還會令他經常眨眼和身體抽動。

另一位二十出頭的金髮美女，十八歲那年正準備A. Level之際突然中風，從此無法好好說話。明明知道想說什麼，卻怎麼也想不起字。由於無法讀寫，就連發短訊、看餐牌都做不到，講不出自己年齡的數字，說不出天空是什麼顏色。患病前，她讀書好叻，人又靚，大把男仔追。另一個女生二十四歲那年一覺醒來從此半身不遂，脊髓爆血管導致她在一夜之間癱瘓，終生坐輪椅，跟她青梅竹馬的未婚夫立即鬆人。

這是一部非常有意思的紀錄片，名叫*The Undateables*，講述英國一些相睇公司如何為殘障人士尋找伴侶。讀寫障礙、侏儒症、自閉症、唐氏綜合症……相睇公司並非以殘障配殘障，而是按志趣來配對，正常人也在搜索範圍內。其中一間公司甚至堅持blind date，不為雙方提供照片，徹底按

興趣和性格來配對。有一個臉部變形的男孩獲安排跟一個正常女生約會，女孩甜美可愛，也許你會覺得男孩執到，但結果是女孩喜歡他，卻被拒絕了，因為他感到雙方之間沒有火花。

假如世上真有「平等」這回事，那就只會發生在愛情面前吧，還以為是誰高攀誰，結果呢？沒感覺就是沒感覺，勉強不來。

一個任職倉務助理的中年男人因頭部腫瘤導致面容扭曲，腫瘤惡化令他必須切除右眼，經歷了過百次手術，一世人從未跟女人約會，今次終於成功透過相睇公司認識了談吐溫文的獸醫女護士，兩人都是貓癡，一見如故，話題不絕。女護士不介意對方的外貌，反而很欣賞他那幽默、體貼的個性。那位無法讀寫和好好說話的中風女生，則透過相睇公司結識了二十三歲高大靚仔銀行分析員，不知後來會否發展成情侶，但第一次約會給靚仔留下美好的印象，

他也同樣不介意女孩的疾病，反而重視對方的內心。在香港能找到這樣的男人嗎？我覺得香港人不論男女都比較鍾意講條件，比較實際。

有一個患讀寫障礙的女孩跟一個自閉症男孩約會，這個曾被無數女生拒絕的男孩緊張地遞上一朵花，女孩哭了，她說這男孩令她很有心跳感覺。如果人生不曾感受浪漫，豈不是白活一場？

Insight

- 紀錄片中的男女因為身體有缺憾，反而心水清，只看人的內心、性格、志趣。兩個人一起原來可以好簡單，身體健全的人反而把愛情想得太複雜了。

男人對女人講真話，死路一條嗎？

自從我開始寫作後，常有親戚朋友找我幫BB改名、寫對聯、贈賀卡，或許我應該開檔一次過睇埋三世書。他們以為我賣文為生，就理應擅長所有跟文字相關的事情，當中最「接近現實」的要求大概是演講了。

Philip問我能不能到他參加的團體演講，問了好多次，煩死人，我就說：「好吧，可是演講的題目由我來定。」Philip大喜，連聲答應，問我打算講什麼題目。

「給男士的建議──如何跟太太和平共處。」

「Great！他們最喜歡看你寫男女關係，哈哈所以我每次在你的專欄裏出場都會大受歡迎呀！」

這傢伙從不放過任何沾沾自喜的機會。我喝一口咖啡，續說：「最近看到一對夫婦，挺有意思，我就給他們講這件事情吧。夫婦五十多歲，這位auntie是事業女性，丈夫是公務員，十分斯文隨和。Auntie人品也極好，擔心我不懂煮飯，經常吃街外的味精對健康無益，便邀我到她家裏吃晚餐。只見uncle笑眯眯地端出三份餐，是肉醬意粉、粟米肉粒飯和蒸雞飯，auntie一邊脫下西裝外套，一邊熱情地告訴我：『我每天下班都買這些，回來放在微波爐叮幾分鐘，搞掂！所以我話，妹妹，你自己一個人住，要有多點飯

氣，別老是煮麵，宅女似的也太悲慘了吧。』

我斜眼看看uncle，他仍舊笑瞇瞇的低著頭企圖掩飾天天吃外賣微波爐食物的『悲慘』，只見他乖巧地拿起筷子，像災民領取救濟品那樣滿臉感恩，我在他眼裏read到『有得食仲有咩資格嫌三嫌四』的訊號，我想回家自己煮麵，但auntie情緒高漲，不斷誇讚食物，我無奈吃了一口，飯一舊舊又乾又硬，蒸雞鞋過硬卡紙。

『係咪好食呢？』Auntie問我，她的丈夫搶著答：『好呀今日特別好，我想再添，還有嗎？』

飯後，auntie拿出相簿，讓我看她二十歲時的照片。她這樣做，當然是期望我說『嘩你同三十幾年前一模一樣』。講大話不是問題，但勾脷筋要勾得值，請我吃硬卡紙蒸雞就想換我一句違心的讚美？No way！Uncle似乎察覺到危機，突然說：『最近我同老婆一齊去公司annual dinner，人人都話你個女好靚呀！』老實，我覺得over咗，但auntie好buy，裝作若無其事但其實正竭力按捺住往上翹的嘴角，她真心相信自己仍是二十歲的模樣啊。』

Philip的額角正在滴汗。「你的演講，男士和他們的太太都會來，你當場踢爆男人為求自保講大話，以後他們還怎能

在老婆面前用這一招？這等於叫我送班兄弟去死，不行不行！」

「那你們男人可以講真話呀。」

Philip瞪大眼睛看我，鄭重宣佈：「那只會生不如死。」

我樂透了，邊翻著雜誌邊說：

「你講真話同假話都是死路一條。
男人的唯一生路，
就是講了大話而不讓我知道
你正在講大話。」

Philip不作聲，過一會兒往我的咖啡裏加糖。「我不吃甜。」同時把杯子拿開。

「因為你已經夠甜呀。」他說。

我放下雜誌，盯著他三秒，不語，他隨即往後沉進椅子裏去。對付男人不能用暴力，要用白色恐怖。

「你說邀我演講，哪天？幾點鐘？讓我記下來。Oh by the way，若非慈善，我演講是要收費的。」

Philip堆著笑容說：「其實呢，最近我們的演講日程也排得滿滿的，還是稍後再邀請你吧。」

「可是我現在很想去。」

「不行。」

「那你得給我付錢，買我不去演講。」

Philip呆呆的看著我，重重敲了我的頭，痛死我，改天還要向他追債。

Insight

· 　男女相處如果沒有一點幽默感，很容易會演變成命案。

第 4 章

衰到貼地，
原來還有轉機

人生還有多少
青春可以浪費?

二十三歲的時候,出來工作剛剛一年。又窮,又失戀,工作又不如意,我覺得這輩子都不可能有什麼好事發生在「像我這樣的人」身上了。

當時一個九唔搭八的大叔跟我說:「廿三歲?都未起步!」我心想,廢話,廿三歲還未起步,難道要等五十三歲才驚覺自己一事無成嗎?這位大叔是承接裝修工程的,經他手的房子連門都關不上,這種差不多先生本來就不應該做裝修(或不應做任何事),他甚至試過收了客人的錢然後走佬。人家用血汗錢想裝修好一個安樂窩,就被這種人搞垮了,居然還好意思來教我做人!

然而才不過幾年後,我發現那位曾被我瞧不起的大叔原來說話十分對。那次以後,我很細心地聆聽每一個人說話。

無論表面看來多麼不堪的人，只要側耳傾聽，也能聽出他人生經驗中有價值的地方，就像對的鎖匙插入門鎖時能隱隱感覺到那click一聲的微妙一瞬。

原來明天的事，不到明天是不會知道的，不要站在今天去審判自己的一生。二十三歲真的就如大叔所說——未起步。我連想都沒想過，二十八歲那年我竟然會開始寫作，當時我並不知道這樣一寫也就改寫了自己的一生。

原來人生真的就如陸游所寫「山重水複疑無路，柳暗花明又一村。」也許後人抄成「山窮水盡疑無路」更能表達「窮到三餐不繼」的意境吧。

辭掉本來的工作成為全職作家，並且能夠持續地寫作而沒有餓死或睡到天橋底，現在我仍覺得是一項神蹟。選擇這份工作得承受高風險，卻有一個極大的優點——我可以只見我喜歡的人。沒趣的，虛偽的，心地不好的，這些人我連看都不需看一眼，我可以只挑自己喜歡的工作來做，把

青春用於有意義的事情上。當然，如果我跟那些沒趣的、虛偽的人拉多點關係，或乾脆成為他們的一份子，可以賺多些錢，而我很貪錢，但我很清楚以我的條件和所處的時勢，這輩子都沒有發達的可能。一想到這裏，我整個人就放開了，反正沒有發達的份兒，何必勉強自己做不喜歡的事？

現在人類愈來愈長壽，以前二十三歲還未起步，今日的起步點也許已延至三十歲了。有數得計，往日六十歲退休，現在普遍延至六十五甚至七十歲，整條晉升階梯變相一併延後，唯有巧立名目加插新職位，拖延員工升職的時間。一位任職Big Four的朋友慨歎，現在四十歲仍未做到合夥人，以前是Manager、Senior Manager跟住就升做Partner。現在呢？做完Senior Manager，還得在新加職位Director混一段日子(聽說有人升做Director只加了五百蚊人工)，不知要等多久，也不保證之後一定能升做合夥人，好比law firm在Partner之下加了Of Counsel一職。怎樣才會出現合夥人的空缺？一、有人死掉。二、有人退休。三、生意突然很好，公司擴張。一句到尾——鬥長命。

我曾在《王迪詩@蘭開夏道》寫過「天國的階梯」一文，講

律師事務所的晉升，如今這道階梯變得更漫長了。

令人難受的是，在爬梯過程中必須忍受那些跟社會嚴重脫節的耆英上司，他們遍佈各行各業，拒絕與時並進，抗拒新意念，尤其不信任科技，電腦hang機就尖叫，不懂用PowerPoint又尖叫，是公司的負資產，但因為從來不用OT，上班hea爆，公司要出trip就搶住去貪免費旅行，所以身心非常健康，至少能活到一百二十歲，絕對不肯在強制退休前讓位。

我對那些仍在爬梯的兄弟姊妹深表同情，好彩我多年前選擇了跳梯啊。

Insight

- 要走一條怎麼樣的事業路，是一種取捨。每個決定都有得有失，有些人心裏充滿苦澀，妒忌別人工作十分快樂滿足，自己卻只是體制裏的一顆螺絲，枯燥刻板，苦悶受氣。人們總是看見別人的風光，卻很少會想到背後的付出。每份工都一定有pros and cons，既然選擇了這份工作，就不能只享受它帶來的好處而拒絕接受難頂的地方。抱怨改變不了事情，若真的不滿現狀，就用行動去改變吧，人生還有多少青春可以浪費？

人生是一場馬拉松，不是短跑

一位做老人服務的朋友招聘「起居照顧員」，月薪萬三至萬八，學歷要求是小六程度，工作包括給老人家餵飯、洗澡等等，也可能需要照顧長者大小便。其中一份申請令她頗感驚訝：廿三、四歲的女生，港大一級榮譽畢業。若你是我這位朋友，你會如何處理這份申請？

「她履歷表上畢業之後兩年是空白的，即是找不到工作吧。我想給她一個機會，至少有份工，好過困在家裏乾等令意志消沉啊。」朋友說，於是邀請這位女生來面試，見完之後覺得實在無法聘用。「她花了很長時間來填form，那只是一張極普通的表格，其他幾個小六畢業的師奶一下子就填好了，只剩她思前想後，改來改去才好不容易填好。如果阿婆跌倒，她站著不動，想來想去不知如何處理那怎麼辦？牽涉老人家的安全，我們不能冒險啊。」面

試時的對答呢？儘管不太流暢，還是可以給她時間慢慢改善，長者的安全卻是首要考慮。

值得一讚的是這個女生夠open-minded，什麼工作都願意一試。至於為什麼填form如此困難？那只有她本人知道了，現在我很接受世上有許多事情是我無法理解的。這個女孩從小到大讀書成績優異，怪獸家長大概很滿意吧。讓子女兩歲讀play group、三歲學日文、四歲學彈琴，就是為了令孩子贏在起跑線。但人生是一場馬拉松，不是短跑。

求學時期只算熱身，比賽在畢業後才真正開始。想贏在終點線，性格比考試高分重要一千倍。

我見過不知多少9A、10A的高材生，畢業後多年事業仍毫無起色，有好幾位還長時間找不到工作，因為職場講求的是應變力、EQ和待人接物的態度，這跟考試成績沒有關係。相比答考試題目的技巧，常識更加管用。當事情不按原本預期的規則發生（例如老人家突感不適），該如何應對？當事情不像本來預期那般順利（例如男朋友搭上其他女生），面對逆境時撐得住嗎？

香港的填鴨式教育不會訓練孩子的應變力,其他地方例如法國,從小學開始,有些科目(包括數學)考試已有答辯,學生講出答案後,老師還會反問你為什麼會得出這個答案?思路是怎樣的?他們著重的是尋找答案的過程和方法,法國人很重視批判思考,不要因循,這樣才能發展創意,社會才會進步啊。

Insight

· 雖然我不是運動健將,但眼看馬拉松風靡全球,這項運動想必有令人著迷的地方吧。那麼漫長的一場比賽,就算一開始的時候領先,後勁不繼也是徒然。中途也可能出現許多變化,下雨、受傷。不順利,卻不放棄,就是馬拉松精神。

减掉100磅的女孩

從書上讀到一個二百六十磅、五呎四吋高的女孩尋求心理治療的真人真事。過胖令她的健康出現嚴重問題，也嚇跑男人，她清楚知道自己再不減肥只有死路一條，現在、立即就得採取行動，可是她卻還是繼續吃吃吃。為什麼？

我們每個人大概都曾經遇過「明明知道應該這樣做，或不應那樣做，卻還是繼續往錯的方向做下去」，背後的原因很多時是一個心結。

以這個女孩為例，儘管遺傳是導致過胖的部分原因，潛意識最根源的心結卻是她對死亡的恐懼。她從小就跟爸爸很親，爸爸也是過胖，後來因病離世，母親是個軟弱的人，

只懂哭。爸爸一直是她的避風港，現實的一切傷痛（包括生老病死）彷彿都被父親厚實的手掌一一擋開。父親消失了，那保護罩也蕩然消失，女孩感到自己一瞬間曝露於殘酷的現實之中，她眼巴巴目睹父親的死，感覺下一個就輪到自己。女孩心裏認為愈似父親，就愈能夠撐下去，一噸又一噸肥肉象徵著力量，抵抗死亡的力量。

當治療師幫助她發現自己有這個心結，讓她盡情講出對死亡的恐懼，長期抑壓著的情緒給釋放出來，轉機就出現了。女孩回來地球，與現實接軌，按營養師的建議改變飲食，狂做運動，居然減了一百磅。減肥期間她不時做惡夢——當她減到二百三十磅時，夢到當年自己二百三十磅時的傷痛經歷；當她減到二百磅時，就夢到當年自己還是二百磅時所遭遇的不快；當她減到一百八十磅、一百六十磅……當年處於那個體重時所發生的苦事，一一在夢裏重現。她的體重居然跟潛意識深刻地掛了鉤，人真是世上最複雜而又深不可測的生物。

Insight

- 其實這個世界哪有真正的避風港？父母或最愛你的另一半也不可能永遠保護你。是的，現實是殘酷的，但經歷真真實實、有血有肉的人生——那怕傷痕累累——卻是獲得幸福的唯一方法啊。

第 5 章

連粗口也不足以
回應世界的荒謬

撞邪是對某些人類
行為最科學的解釋

朋友的妹妹剛大學畢業，入了投資銀行，每天下班都大發脾氣，在家裏亂扔東西、尖叫狂哭。父母見寶貝女哭得這麼慘，又哄又呵大為緊張，外婆卻氣定神閒地指出原由：「佢——撞——邪。」

所以話薑是愈老愈辣，我對於阿婆的insight深感佩服。這對父母卻嫌老人家迷信，女兒分明就是工作不開心令情緒壓抑，想必是在公司被欺凌呀！於是母親致電女兒的上司，投訴公司讓她女兒工作太辛苦，要求減輕女兒的工作量，並教對方做management應多點採用正面鼓勵的方法，一個電話成功令女兒榮升全公司的笑柄，那夜阿女回家扔東西當然扔得更狂。阿婆自信滿滿地說：「仲唔係撞邪？」

相比母親選擇致電上司投訴，見過世面的阿婆選擇行賄，她帶著幾億冥通銀行鈔票燒給那個令孫女失常的靈體，無論孫女說什麼，外婆仍繼續天靈靈地靈靈，孫女很無奈，便回去睡覺。阿婆：「拜完果然不哭了。」荒謬的事情只能以荒謬的方式解決。

無論從心理學、人類學、乜乜學去分析，阿婆的處理方法都充滿智慧，撞邪是對某些人類行為最科學的解釋。

這種從小就被寵壞的公主王子，牛高馬大還哭哭啼啼就是為了引人注意，想別人哄她、安慰她。扔東西是attention-seeking，又不見她把父親送的Chanel手袋丟落街？我發脾氣是絕對不會亂扔東西的，丟完之後又要自己執拾，我才不會那麼笨。有觀眾，發脾氣扔東西才有意義。扔完之後阿媽執，工人執，自己繼續躺在梳化打機。二十幾歲人，四肢夠發達了，什麼時候才能活得像個成年人？噢，忘了，寶貝女兒是不需要成長的，工作辛苦，阿媽會「教育」老闆。被公司炒掉，老竇養。買不起樓，老竇送。只有外婆，不呵不護，九唔搭八，殺公主一個措手不及。

Insight

- 人要受過磨練才會成長。正是因為愛孩子,才要放手讓他去經歷。開頭的時候多吃點苦,往後的路就會走得更好。

將人命放在秤上，
打個價

《我不是藥神》票房超過三十億，打入中國電影史上票房頭五位，網民激烈討論，連國務院總理李克強的講話都似乎在呼應這部電影。

世上有很多慘事，但我認為沒有一樣慘得過「窮及病」同時發生了。一位朋友的父親患了肺癌，標靶藥每月要花六萬元，保險不包，又沒資格申請關愛基金。標靶藥很有效，朋友的父親幾乎沒有受過什麼痛苦，病情一路好轉。你說沒錢怎麼辦？《我不是藥神》講的就是窮病人的狀況。在大陸，如果病人需要的藥物沒有被納入醫保，那就只能傾家蕩產買天價藥續命。電影改編自中國慢性粒細胞性白血病患者陸勇的真實事件。跟真實不一樣的是，戲中男主角程勇本身並非病人，而是一個賣印度神油、沒錢交租、脾氣暴躁的潦倒大叔，父親病重急著要錢醫治，老婆又要求離婚並帶走兒子（據說真實的陸勇對自己被拍成油膩大叔一度很不高興呢！）他為錢鋌而走險，去印度偷運非正廠藥賣給中國的癌症病人。

說到這裏，溫馨提示一下以下會透露更多劇情，讀者請自行決定是否看下去。是這樣的，在中國很多病人買不起「救命藥」，程勇走私的非正廠藥卻便宜很多，透過一位病人

界KOL作地下宣傳，大批病人蜂擁搶購便宜藥物，程勇與幾位病人成了生意夥伴，賺了第一桶金，可是大藥廠指責程勇售賣「未受中國管制的『假藥』」，程勇最終被捕入獄。爭議在於程勇雖然「犯法」，卻救了很多人的命。電影中的他起初為錢，後來真心想救人，甚至自己貼錢賣藥。

程勇站在印度街頭煙霧中那一幕，是有特別喻意的。他與若隱若現的神像對視，這兩尊神像就是濕婆和迦梨。一隻手提著一顆頭顱的是迦梨，她是濕婆的妻子。最初是雪山女神帕爾瓦蒂化身成杜爾伽去打仗，對抗強悍無比的阿修羅軍隊，她在困境中奮戰，但也同時引發了內心的憤怒，臉上湧現黑氣，誕生了可怕的迦梨。魔鬼的每一滴血都可以產生出一個新的化身，迦梨在戰鬥中吸乾了化身的所有血，消滅了魔鬼。但在對抗壞人的過程中如何避免自己也變成壞人，才是最難的課題。迦梨立下功績，但也因為過於強大而肆意放縱自己盲目毀滅世界的慾望，憤怒地亂蹦亂跳，令大地震動起來。濕婆犧牲自己，躺在迦梨的腳下以保護蒼生。

迦梨手中提著一顆頭顱，代表砍掉了人類的「小我」意

識，從「小我」造成的痛苦解放出來，實現「大我」，比喻程勇對抗天價藥，拯救了病人。但也因為捲入了許多麻煩、害怕坐監等原因而一度停止賣藥，令病人連唯一的希望也失去掉。眼見病人受苦，程勇最終由一個市井大叔蛻變成犧牲自己救人的英雄，就是由「小我」超脫成「大我」了。

其實瑞士藥廠研發這款藥物「格列寧」投資龐大，耗時十三年，研發成本超過五十億美元，想得到回報也無可厚非吧。但格列寧在中國以外的地區卻不是那麼昂貴，抬高了藥價的是中國對進口藥的徵稅、醫院加價、流轉費等等，而且很多地方早已把格列寧納入國家醫保，有些甚至是免費的。好消息是，「陸勇案」引起了社會討論，後來中國已把十七種抗癌藥納入醫保報銷目錄，病人再也不用負擔昂貴的格列寧了。

Insight

- 我相信世上沒有絕對的好人，也沒有絕對的壞人。例如一個劫匪有可能很孝順，一個對老婆仔女無微不至的好好先生也可能有小三；就如戲中的程勇性情暴躁，後來為了救人卻不惜傾家蕩產甚至入獄。儘管這並沒有減輕打劫和不忠的孽，至少還要記得世上沒有絕對的好人——包括我自己。

第6章

學會分辨誰值得你交心，
誰不值得

從埋單看一個人的真面目

每個人身邊總有一兩個一到埋單就話冇揸錢的朋友。
「Okay，那麼你碌卡，我們再夾現金給你吧。」「唔好！你碌卡可以儲積分，明益你！」

同樣的情況也常常出現在夾錢送生日禮物的時候。老闆生日，總有擦鞋仔發起送禮，為免麻煩，就當破財擋災。但既然答應了就守諾言付錢吧，搞到人家在WhatsApp group公開追債，你話幾肉酸呢。

籌款活動，拍心口應承捐錢的人也不少，
風頭出了，真要付錢時卻人間蒸發。

朋友（暫稱Flora）在家中排行第二，有大哥和細妹，三人之中只有Flora大學畢業，如今在銀行做HR，有三個孩子。大哥和細妹雖然學歷不如Flora，但身家並不遜於她。細妹跟富二代離婚之後得到兩層樓和一筆贍養費，大哥則是汽車經紀。每逢父母生日、節日吃飯卻都由Flora一人為全家埋單。父母偏心大哥，總說他賺錢辛苦，不用夾一份。細妹坐著玩手機，裝作看不見家姐埋單。有次細妹新相識的男友同來，男友拿出二人份的飯錢打算交給Flora，細妹竟按著他的手示意不用，男友反問：「為何不用？父母不是你的嗎？」

不是錢的問題，而是做人不能老奉，偏偏有些人的面皮厚過鞋底。一位外國朋友去泰國旅遊十天，順道來香港逗留三天觀光。我推掉所有工作，整整三天帶她吃飯遊覽，換轉有人這樣款待我，儘管對方不求回報，我至少希望能請她吃頓飯表達心意，這是教養。我認識的這位女士呢？三天在港的午餐、晚餐、下午茶和宵夜，她每次都說「等我埋單！」然後坐著不動，或剛巧需要上洗手間，而她的丈夫是銀行家，在外國住四千呎獨立屋，家中有私家泳池。她說：「我只留三天，沒必要兌換港幣了，無謂浪費手續費。」所以她來往機場、在港期間到處吃喝、購物遊覽乘搭的士，費用全由我付。她只用信用卡給自己買了一個兩萬元的手袋。

盡地主之誼請她吃飯搭車不是問題，但待人接物不能老奉，也不能因為花別人的錢就要著數攞到盡。午飯我帶她飲茶，她一個人吃光八籠點心和整碟炒飯。不足兩小時後，她嚷著去五星級酒店再吃，在那裏她一個人吃了兩件西餅和一大份Club Sandwich。晚飯吃牛扒，之後她在日式甜品店點了三杯芭菲，自己一人吃光，然後肚子痛，叫我幫她買藥，趁我去了藥房她又點了一件綠茶蛋糕。她終於走了，這位「朋友」也落入「敬而遠之」的名單中。

Insight

- 人漸漸長大，應該追求quality而不是quantity，這包括交朋友、時間管理、買衫、吃飯。
- 每個人都需要一張「有質素朋友」的名單，也需要一張「敬而遠之」(又稱blacklist) 的名單。人生苦短，別浪費時間。

再要好的朋友
說話也不能不顧
對方感受

C小姐怒氣沖沖地說：「Daisy，你來評評理啊！我們一班人去某朋友屋企睇波，我好心打電話給主人家問要不要買點吃的上來，她竟然答：『梗係要啦！難道上來白吃白喝？』真沒禮貌！雖然我們挺熟的，但熟朋友講說話就不用理人感受嗎？」

我當下想起去年另一位朋友憂心忡忡地跟我和C小姐說：「醫生check到我可能有乳癌，現正等候詳細化驗報告，我好驚呀……」當時C小姐搶著說：「哎呀！我也很久沒檢查了，我都驚驚地，你看哪個醫生？好不好的？給我地址電話，我明天馬上去檢查！」我很吃驚，她身為一位中學教師，竟連如此基本待人接物應有的態度也不懂，平日怎樣教學生？可能患癌，等報告那段期間是最恐懼的，可她第一個反應不是關心朋友，而是關心自己，拼命講自己的事，還索取醫生資料，不是應該由我們去幫可能患病的朋友尋找更多好醫生的資料嗎？

C小姐認為別人忽視她的感受，卻不知自己說話更不理人感受。無論你是否教徒，《聖經》有句說話我好buy：只看見別人眼中的木屑，卻看不見自己眼中的樑木。你可以說C小姐的反應好真，不虛偽，不說客套話，那麼回她「難道上

來白吃白喝」的那位朋友也一樣「真」吧。

我想「真性情」與「沒禮貌」之間的界線縱然也有富爭議性的地方，一般人還是能夠憑常識去判斷的。再要好的朋友，說話也不能不顧對方感受，這是很基本的教養。

也請別再說：「看見患病的人就覺得自己好幸福，要珍惜健康啊！」那些身患惡疾的人聽了，情何以堪？難道他們患病是為了映襯別人多麼幸福，警醒世人要珍惜健康嗎？這句說話不過反映了那人內心的真實想法——嘩好彩病的不是我呀！如果某富二代公開豪宅照片，同時說：「看見迫劏房的人就覺得自己好幸福啊！」你會不會想往他的臉揮一拳？

Insight

- 不要什麼時候都只顧談自己的事。易地而處，其實不是那麼難吧。

謝謝你出現在
我的生命裏

若要數我人生中三位最特別的朋友，今天要說的這位大概是排第一了。世間特別的人多不勝數，絕大部分都是特別衰格，但現在要說的這位並非如此。扼要地說——她不是正常人。

她是我中學的同班同學。我到今天仍清楚記得第一次見到她的畫面——她在課室裏忙得團團轉，說話速度極快，聲如洪鐘，走路三步當兩步，嘴巴沒一刻停過，每分每秒都很興奮。第一次見面她就滔滔不絕問我這樣那樣，彷彿要把我整個人生翻出來細細檢閱一遍，熱情到讓我覺得好奇怪。在走廊總是未見人就先聽到她說話的聲音，然後只見她的身影飛快跑過，瞬間之後又跑回來，捉住我的手高聲說兩句，哈哈大笑，又飛快跑掉。

起初覺得她八卦多事，而且從來不覺得不好意思。後來我才知道，她那麼忙是因為老是忙著別人的事。轉堂時要轉課室，老師一進來只見第一排的座椅上放著筆呀、簿呀、間尺呀……是她跑來趕緊幫同學們霸位放著的東西。班上要訂書、買運動衫，她總是二話不說就擔當起來。有誰靜了，她就把那人逗得興高采烈。哪裏有需要，她總是未等別人開口已一支箭衝過去幫。

她就像太陽，三萬年都燒不盡。當我在課室裏跟她一起上課的時候，絕不會料到今天她竟已不在這個世界。半年前她因癌病過世，遺下三個幼小的孩子。

她經歷了化療本已康復，不料卻癌病復發，然後她再積極接受治療，生命力驚人，沒流過一滴眼淚，還安慰別人：「沒事的沒事的！」即使病重她仍是先考慮別人，仍在熱心地忙別人的事。她不「正常」，因為在我們這個社會裏，「正常」人都在關心自己，怕蝕底，不會give，只會take。她是我遇到第一個、也大概是最後一個對所有朋友都會無條件付出的人。將來她的孩子大了，只要想起媽媽那句「沒事的沒事的！」，什麼難關都能挺過去。你們的媽媽是如此了不起。

一直很想寫一篇文章去悼念這位好朋友，但每次執筆就哭得一塌糊塗。很奇怪，中學時代我們不算特別親密，之後各自升上不同大學，從此便沒再聯絡，怎麼我竟像失去家人那般難過？

有些人平日沒有聯絡，甚至已消失在我的生活裏，但原來他們在我生命中的影響深遠得難以想像。

我近年從其他同學口中得知她患病，立即發了Facebook私訊問候，她熱情地回覆，大家聊起來仍是中學時那種感覺，只有從小時候就相識的朋友之間才會有的那種感情。我很想探望她，但尊重對方比我個人的渴望重要得多，也許她需要休息或陪伴家人，所以沒有要求探望。算起來，我跟她最後一次見面就是Upper Six那年的暑假了。她在我的記憶裏仍是穿著校服的模樣，她的笑聲、走路迅速的身影竟鮮明得讓我吃驚。我們放學常常一起搭地鐵，只要有她在，全體總是笑得人仰馬翻，但穿著校服不好笑得太大聲，只好勉強忍住，每過一陣子卻又會按不住爆出一串笑聲，還有聖誕節Mini Bazaar的光景、在家政課焗brownies令整個課室充滿香味、游泳後一班女仔在更衣室有幾嘈……

世間無法理解的事情太多了，沒有做錯任何事的人為什麼要受疾病折磨，好人為什麼會英年早逝，但也無法解釋她為什麼會出現在我的生命裏，而且每個曾與她相遇的人往後的人生都變得有點不一樣。

或許，如果你相信的話，終有一天這一切都會得到一個解釋，到時我要跟她再次大笑一場。

Insight

- 我最想跟這位朋友說的，是多謝。現在想起她，心裏總是溫暖的。讓我們對所有相遇心存感恩。

第 7 章

別再那麼容易受騙，
好嗎？

別只聽你喜歡聽的

「好準！真係好準！」朋友Sandy算命之後大喊。「我同表姐一齊去，每人二百元看十五分鐘，你認為講得準才付八千元再詳細算一次。」

伏味好重。我和Katie問她算命先生說了什麼，「師傅算到我兩年後會在旅行時遇上真命天子，他是富二代！我的確是經常去旅行呀，我沒告訴算命先生他就已經自己算出來了，你們說是不是準到嚇死人！」

嘩，這麼「難」都給他「算」出來，真是高人。我想起按摩師總是說：「你肩頸特別累吧？我們這些經驗豐富的師傅一按就知道了。」我從未聽過有香港人肩頸是不累的。我和Katie沒說什麼，也沒有什麼好說，但笑容出賣了我們，Sandy連忙解釋：「最準的還在後頭呢！師傅除了算到我兩年後會遇上未來的丈夫，還測到我三年後會入大運，我設計的珠寶將會在歐美爆紅！他說我的名氣不只在香港，還是國際性的，好準呀！這兩年我的確結識了一些外國網紅，說不定她們喜歡我的設計，戴著我的作品拍照放上IG，那我就會一炮而紅啦！我立即付了八千元讓他詳細算一次。」

我想起法國電影《巴黎眾色相》（ *Bright Sunshine In* ），講一個五十幾歲的巴黎女人恨有男朋友恨到發燒，有婦之夫、前夫、異族人⋯⋯可以flirt和上床的不少，卻沒有一個靠得住。有婦之夫講明不會同老婆離婚，女主角跟他分手復合再分手，去算命時問來問去仍是「我還會再見到他嗎？」「我們真的沒有可能嗎？」「他對我是真心的嗎？」「他會不會跟老婆離婚？」

自己心中早有答案，卻偏要付錢去聽別人附和。很多人去睇相算命，並不是想聽算命先生算到什麼，而是想聽自己喜歡聽的。

有人問，Daisy，你信不信算命？我信這套學問，但運用這套學問的人是否信得過，就得看你的運氣了。「你們怎麼用這種眼神看我？你們以為這個師傅是神棍嗎？No No No！如果他想騙我八千元，他就不會對我表姐說『你死心吧，你這輩子的姻緣已經耗盡了，無法改變。』」Katie噗嗤一聲笑出來說：「小姐呀！他不這樣講，你會上釣嗎？」

但請別以為所有女人都是羊牯。有位女士向男友多次迫婚不成功，於是她說：「算命先生話我將會嫁的男人姓高，做金融的，他算到我的八字好旺夫，婚後不足兩年，老公炒股票會賺過千萬。」她這位姓高做金融的男朋友一星期後答應結婚。神棍？女神棍？大家都係搵食啫。

Insight

- 算命也好，交男朋友也好，別因為對方講中了你的一點心事，就徹底相信這人。你以為不可能有人猜中的心事，其實可能很普通，根本不需要什麼「高人」或「宿世姻緣」才會知道。

- 決定是否要向一個人交心，除了感性，還真的需要一點理性。

性交真的不能轉運

早前寫了一篇關於算命的文章，講述女友人如何墮入神棍的圈套，之後居然收到幾位讀者（全是女性）的Facebook私訊，說是姻緣運太差或屢次遇人不淑，問我可否告知文中那位算命先生的姓名和店址。我非常震驚，立即重讀自己寫的那篇文章，講的明明就是神棍，我拿著大聲公並揮舞紅燈大喊：「這是一個坑！當心啊！」然後居然有人很高興找到這個坑並且奮勇地跳進去。我真的搞不懂。

我很擔心這些女讀者，所以苦口婆心寫了今天這篇文章，盡我所能以淺白的語言、畫公仔畫出腸胃心臟腦袋，希望她們至少能明白一點點。

首先，屢次遇人不淑真的因為運氣差嗎？會不會有其他原因？賤男也好，神棍也好，不會對所有人下藥的，騙子不會笨到在醒目女身上浪費時間，只會集中精力去為那些明知是坑也樂意跳進去的人挖坑。

如果騙子處心積慮佈下精密騙局，那受騙也無話可說。但「網戀哈里王子」、「性交可以傳授法力」，請問有幾「精密」？

在網上結識英國「哈里王子」，好浪漫啊！然後「哈里王子」要求女人往銀行轉帳巨款給他。嗯……身為王子也沒有錢？太可憐了，立即轉帳。不久，又索錢，再付。女人傾盡積蓄、向親戚朋友借錢、按樓。警察介入，反覆勸說，不果。直至看新聞得知哈里王子要與梅根結婚，質問對方，「王子」答：「如果你不想我與梅根結婚你就得再轉帳這筆錢給我」，女人才開始懷疑自己受騙。

有些女人並非不知那是陷阱，而是明知是騙局，卻不肯接受現實，她們「選擇」活在謊言之中，不想夢醒，因為一旦醒了就會失去這段關係。

新聞經常有報道女子誤信性交可以轉運的案件，神棍聲稱

性交可以傳授法力，拍裸照又可以增強法力，誠意金愈高法力愈強，警察拉人了，法庭也審了，不久之後竟然又有另一批女子墮進同類騙局。

看見其他人在騙局裏人財兩失，焦頭爛額，卻認為自己跳進同一個坑會法力無邊，願望成真。神棍騙過三千幾人也不代表一定會騙我呀！

同樣，心底裏明知是個騙局，仍選擇繼續被騙，至少有個「希望」：也許神棍真的可以令他回心轉意啊！也許神棍真的可以幫我變個白馬王子出來！如果她們這種頑固可以用在有建設性的地方，成就大概能奪諾貝爾獎了。

Insight

- 做人最緊要面對現實。因為先面對,才能開始認真地想
  辦法令自己活得更好。對方要離開,你挽留,然後對方
  仍堅持離開,那就放手吧。不是因為很喜歡放手,而是
  因為死纏爛打、死咬不放也不能改變什麼,只會令自己
  加倍難堪。既然如此,不如瀟灑。

醒醒吧！夢醒是
失戀的唯一出路

斷斷續續地看了一些《皓鑭傳》，老實說這部劇只是一般，跟班底相同的《延禧攻略》差遠了，結局爛尾更是不在話下，倒是後期有個旁枝小角色想談談。

「戰神」白起為秦大將，戰無不勝但手段兇殘，曾坑殺四十五萬趙軍，連秦王也得看他的面色。白起把女兒白靈兒寵上天，這女孩嬌縱妄為，到處撩是鬥非，公主癌到了末期，恃著父親和哥哥寵愛，從小到大要風得風要雨得雨，直至遇上呂不韋一見鍾情。當時，命賤如泥的秦王孫嬴異人正在趙國當人質，商人呂不韋認為「奇貨可居」，便謀劃將嬴異人由趙國救出，送返秦國爭奪王位，事成後與異人共享天下，試問這種食大茶飯的野心家，又怎會看得上一個靚妹？白靈兒卻苦苦癡纏，誓要嫁給呂不韋，不果，竟出絕招求王上賜婚。呂不韋被逼娶了白靈兒，但感情不能勉強，無論她如何改變自己去迎合呂不韋，這個男人終

究沒看過她一眼。白靈兒因愛成恨，害死了許多人命，當醒覺自己的惡行，後悔已經太遲了。古今中外，不知多少女子呼天搶地：

我為他連尊嚴都不顧，我為他改變自己，付出這麼多，為何他竟待我如此無情？首先，白靈兒，沒有人要求你付出，沒有人要求你改變自己。你覺得這份禮物好正，別人卻未必合用，你卻憤怒地指控對方不知感恩。這算是什麼樣的愛？

第二，絕情才是心地好。他沒有利用這個女生的感情，沒有收兵，而是坦誠乾脆地講出事實。各位失戀的大哥大姐：醒吓啦！夢醒是失戀的唯一出路。白靈兒呀白靈兒，做個值得尊重、有想法、有貢獻的人吧！堂堂大將軍的女兒，怎麼就不能活出風範來？

Insight

- 無論如何改變自己去迎合對方，也不會令一個不愛你的人愛你。

- 服從到行就行、企就企的女人，男人是不會尊重的，這種女人太沒意思。

- 真心愛一個人，不是希望對方開心嗎？被勉強、受騷擾的人又怎會開心呢？面對現實，忘記此人，重新出發吧。

有錢有地位，
卻抑鬱了

作為一個女人，眼界不能只局限於 Chanel，至少都要擁有一件 McQueen 才算是有點個性。

McQueen 這種設計奇才真是世間少有。他自殺的時候才四十歲，處於事業顛峰。由靠政府救濟金開 fashion show 到坐擁千億時裝王國，他像不少人一樣在名成利就之後變得抑鬱，然後發現原來奮鬥的過程雖然艱苦，卻開心得多。一無所有的時候渴望擁有，擁有一切的時候卻懷念一無所有，難道又有錢又開心真這麼難嗎？一代歌后 Whitney Houston 披荊斬棘，出人頭地之後卻不開心，在四十八年的短暫一生中，常常掛在口邊的是「Can I be me？」。又譬如說，周星馳由一個藉藉無名的兒童節目主持人靠自己闖天下，今日在影壇呼風喚雨，被十幾億人奉為神，但我覺得以前的他充滿生命力，那時的電影也好看得多，現在見他總是鬱鬱寡歡，但當然也有可能他其實非常幸福吧，外人看不出來，只有他自己心裏清楚了。

說回那位時裝鬼才，原名 Lee Alexander McQueen，身邊的人稱他 Lee。《英倫壞男孩：McQUEEN》是一部不錯的紀錄片，一個窮小子心口掛個勇字，來到倫敦 Savile Row 當裁縫學徒，一步步建立自己的品牌，初期的時裝秀已廣受注目，他在電視台訪問中卻背著鏡頭，古古怪怪，原來他靠救濟金做 fashion show，不能讓政府知道他在工作。在紀錄片能看到他多個時裝秀，不只美，而且令人震驚，不敢呼吸，生怕一呼吸就會刺破那像肺膜一樣透薄的玻璃藝術品。有次在最後一條裙子出場後，舞台中心的一個箱子突然破開，一個赤裸的胖女人躺在長椅上吃力地吸著氧氣機，給時裝界重重的摑了一巴掌。他的設計充滿戲劇性，有時展現恐懼，但連這恐懼也很美。有骷髏頭，有血，有暴力的痕跡，他在童年時被姐夫性侵而留下的傷痛，透過創作表現出來。最令我感動的一次，是他在開 show 前一晚突然決定要用機械人，可是沒有裙子啊，McQueen 不慌不忙，扯下檯布，縫了幾下，裙子就有了，它在第二天的時裝秀壓軸出場，模特兒穿著它站在一個自轉的板子上，左右兩旁的機械臂不規則地將顏料噴在模特兒的白裙子上，那機械與人類的和諧感，從零到色彩的突破，在 McQueen 的魔法下竟成了一首詩。毫無疑問，他是個天才。

如果你本身也是個有才華有品味的人，絕不會放過跟天才一起工作的機會，或應該說，單是看著一個天才工作的模樣已很滿足了。McQueen 深明這一點，也擅於利用這一點，吸引了很多能幹的人為他賣命，但幫助他登上頂峰的人卻沒有感到被欣賞。在創立品牌的早期，一位女同事認為 McQueen 需要一個 logo，於是找來她的設計師男朋友幫忙，logo 沿用至今，設計師卻從未收到一分錢。鼎鼎有名的時裝達人 Isabella Blow 慧眼賞識 McQueen，由他出道初期已大力支持，利用自己在時尚界的影響力到處宣揚這個新晉品牌，將他捧成星，把他當親弟弟那般疼愛，更穿針引線促成 McQueen 以天價將品牌賣給 Gucci，沒想到 McQueen 就這樣一腳將她伸開。人人都說應該給 Isabella Blow 在 Gucci 一個職位，或合約之類啊，她卻只得到一條免費裙子。在訪問中，McQueen 兜口兜面對 Isabella 說不認為自己是由她發掘的，而且受不了她的肚腩，說完哈哈兩聲話講笑，Isabella 卻難堪至極，從眼神看得出她非常難過啊。McQueen 實力非凡，但即使天才也不可能從未受過任何人的恩惠，將一切視為理所當然的人是很難快樂的。Isabella Blow 最終自殺，才四十八歲，不能說是單一原因造成，傷痕總是日積月累。McQueen 也由當初的快樂肥仔，到抽脂減肥，後來吸毒暴瘦，自行了結像過山車的一生。

Insight

- 我很討厭反骨的人。利用別人的善良去為自己謀好處，這種人實在太可惡了。但現實裏到處都是這種人，被提拔的人不會覺得自己被提拔，我成功全靠我的才華，別人是太仰慕我所以情不自禁搶住來幫我，就算沒有任何人幫助憑我的實力也能成功。如果他們真心這樣想還比較有出息，事實卻是這種人最懂得計算，看準誰有利用價值就去奉承籠絡，達到目的之後就會變臉。這樣的人最容易在社會上取得成功，講道義講良心又怎能上位？Isabella Blow 也是太天真太誠懇才會深受傷害。所謂成熟，就是不去害人，但也要保護自己不被人害。幫助別人之前，先要有心理準備這個人不會感激你，如果他是難得感恩之人，就當 bonus 吧。

第 8 章

連你都不喜歡自己，
別人如何喜歡你？

女人一定要工作，即使已婚

一位女友人中學時跟男同學拍拖，一直拍到大學畢業後不足一年便結婚，三年抱兩，全職湊仔。她畢業後只曾在銀行上班大約一年，此後便沒再工作，成了家庭主婦。最近她應一位開公關公司的朋友邀請，到一個美容產品發佈會兼職幫忙，沒想到這次經歷讓她大受「打擊」。

「Daisy！塗什麼護膚品可以祛皺紋？還有，我想減肥啊！有什麼方法？」那夜她急call我就是要問這件事。原來她多年沒有工作，今次做兼職與很多妹妹仔共事，以前從來不覺得自己老，但一比較，就突然發現自己的虎紋很深，一笑，眼角就跑出一串魚尾紋，再照照鏡……慘了原來我皮膚這麼乾！兩腮還似乎開始向下墜……

我跟她分享了我自己愛用的護膚品，但問題不在於護膚，而是自信。

身為女人，要想的不是自己失去什麼，而是我擁有什麼，我的定位、優勢、獨一無二的地方，這包括品味、見識、經驗。

我跟這位母親說，老闆請你，一開始就不是貪你後生，而是相信你身為母親應該會比較細心，搞event最需要的就是細心，也相信你會比較成熟，有責任心，EQ較高，不那麼容易被情緒影響工作，至少不會像有些妹妹仔那樣一年裏有四份之三的時間都在失戀。所以你應該相信自己。

Insight

- 我常常鼓勵女人出來工作，要有見識。很多女性因為生了孩子沒時間上班，這在孩子年幼時當然可以理解。我不認同的是媽媽上班會影響小孩成長，剛好相反，在工作崗位上發光發熱的母親是孩子的最佳榜樣。不少心理學研究都指出，有工作的母親跟子女可以關係親密，因為與孩子相處不在於時間多少，而是質素。二十四小時伴著孩子，但唔識教，有鬼用？

抗小三攻略

在網上看到內地一段影片，一個大媽攀坐在一輛私家車的擋風玻璃前面，發狂拍打玻璃，尖叫嚎哭。私家車在街上行駛，司機是她的丈夫，車上還坐著小三。途人食花生拍片，男人終把車子停下來，大媽從車廂扯出小三，兩女扭打作一團。

揭發伴侶有外遇的打擊，跟發現自己患上末期cancer差不多。但如果抓狂發癲就可以令丈夫回心轉意，這個世界就不會有那麼多棄婦。發癲非但對事情毫無幫助，反而令自己陷入劣勢，旁人看著只覺「抵佢飛你」。那就咁算嗎？豈不是益了那個壞女人？無論在職場或情場，在「條氣唔順」的心情下所做的任何行為往往都愚蠢得很。世間所謂「公道」並非「一加一必須等於二」的數學公式。誰放不低，誰就是輸家。人生只能向前。

在《延禧攻略》中，乾隆南巡時有官員獻上美女，皇后嚴屬斥之，成何體統呀、不道德呀、壞榜樣呀說教一番，皇

帝黑面。魏瓔珞來到，非但沒有斥責，還大讚美女，並準備挑選靚仔太監在宮中逗她開心，鼓勵皇上一同享受美人。乾隆被她這樣一說，笑嘻嘻的就收斂下來了。

將心比己，沒有人喜歡聽他人說教。有些男人只為過過口癮，貪得意出去玩，心裏還知廉恥，你愈禁止他講，他愈要講，就像小學雞初初學識講粗口，正是因為老師和父母不准講，在強權下懶得戚地講粗口才那麼過癮，任由他講他反而不稀罕了。另有些男人不只為過口癮，而是真心想出去滾。若純粹為了洩慾，屬禽畜層次，嫁給這種level的男人會有運行嗎？若丈夫真心愛上了小三，糾纏更是浪費時間，一個變了心的人，就算用鐵鏈鎖住他又有何用？不如盡快忘掉此人，重新出發吧。

Insight

· 除了你自己，沒有人可以奪走你的幸福；也除了你自己，沒有人可以給你幸福。

Be good.
But not too good.
Not perfect.

關於成長，一言難盡。

忽發奇想，假如我可以坐時光機穿越回到過去，告訴十八歲的自己：「別相信這個人！」「別做這件事啊！」那我所做的所有決定都會是正確的，我就可以擁有完美的人生了。但後來我想，如果我從不犯錯，我還可以學到什麼？

我是個完美主義者。從事創作的人，多多少少都有這種特質吧。這是一把雙面刃，對完美沒有追求的人做不出好創作，但也容易變成執著，壓力會很大。我花了很長時間，交了很多「學費」，才明白「完美」是什麼。

到底怎樣的人才算完美？怎麼唱一首歌才算完美？怎樣的母親、妻子才是完美？Lily Collins 在電影 *To the Bone* 飾演一個患厭食症的少女，繼母把瘦骨嶙峋的她送進治療中心，語重心長地叮囑：「Be good.」又不放心地回頭補充一句：「But not too good. Not perfect.」對完美的過份追求，結果竟然變成「醜」。其實「完美」沒有定義，沒有計分表，就看你如何去演好你的角色。

原來，你不需要完美。
你只需要做自己。
做最好的你。

「幸福」不會以
完美姿態出現

與朋友Sarah相約在蘇豪喝酒。我們二人share一瓶Riesling本來剛好，她卻又加紅酒又加Tequila。喝酒的最佳狀態是微醺，最愚蠢的狀態是爛醉。

「我不會送你回家的。最多只會把你爛醉的照片send給Gordon，叫他來接你。」而我說這話的時候，心裏其實很懷疑Gordon正是她買醉的原因。如果人類不會失戀，世上至少有80%的酒商會倒閉。

「Gordon在北京出差，你乾脆把我扔在這裏就是了。」

「好呀。」趁她未醉，我入正題。「說吧。你約我出來喝酒不是有話要說嗎？」

Sarah猶豫了一會。「你知我媽是我一生中最重要的人，我這樣好像講她壞話……」

「沒關係。」我拍拍她的肩膀安慰道。「我從未見過女人會為阿媽借酒消愁，你今晚的創舉已證明你是絕世孝順女。」沒想到這句廢話居然真的起了鼓勵作用，她灌下一大口紅酒，開始說：「Daisy，我們在中學聯校活動認識，

這些年來你到我家不知玩過多少次，跟我和屋企人都很熟。」

「對啊，你們四兄弟姊妹感情多好，家裏總是那麼熱鬧。Auntie更是好得不在話下，她做的麻辣手撕雞是全世界最好吃的！話時話，你打算幾時邀請我到你家吃飯？」

Sarah顯然不理我的要求，望著酒杯出神，靈魂彷彿飄到另一個星球去了。當她重返地球就問：「你知我不是我媽親生的吧？」

「Yep. And so？」

她沉默片刻，續說：「我親生母親在我五歲時因癌過世，她跟我現在的媽媽是best friends，臨終把我託付給摯友，從此我的養母就將我接回家中，當親生孩子那般疼我。孩子之中我年紀最小，哥哥姊姊視我如親妹，父母也從來不會偏心，我一直覺得自己很幸運，也很尊敬現在的母親，為朋友養大一個女兒，太有義氣了！」

我非常同意。從小到大auntie對孩子都是一視同仁，外人

根本看不出Sarah不是親生的。「但最近家姐入醫院做小手術，我去探望她時，無意中在病房門外聽到我媽對家姐說：『唉，我也覺得自己這樣想真的很賤，但講句心底話，你是我親生的，你們病的時候我會特別緊張，特別肉痛。阿妹呢，我當然也視如己出，但她病的時候，不知怎的我就是不會像緊張你們那樣，擔心到吃不下睡不著，怎麼我竟然會有這種想法啊？』我聽到後立即衝入洗手間哭到崩潰！原來，不是親生就不是親生。」

我想起日本電影《小偷家族》，是枝裕和自導自編，在康城拿下金棕櫚獎。談不上十分好看，但也探討了一些社會問題，講述窮爸爸與兒子做小偷為生，一晚遇到被親生父母虐待的小女孩，好心收留了她，小女孩從此跟著做小偷，但收留她的「父母、婆婆、哥哥姊姊」卻比親生家人更疼愛她，讓她第一次感受到幸福。

「沒有人應當未曾感受過被愛就離開這個世界。」
德蘭修女傳記有這句深刻的說話。

教她偷東西當然是錯的，跟著這樣的「父母」長大，往後也很難過著美好的人生，但我們亦不知這個小偷爸爸為何會成為小偷，他經歷過什麼？他是否也由小偷養大的？人性的光輝與陰暗面往往相互交織。

相比之下，Sarah遇到的只是小問題吧，養母對她那麼好，但也是人，不是聖母瑪利亞。

Insight

• 　時間會讓人明白，「幸福」不會以一個完美的姿態出現，但它會在落難時陪你捱，陪你苦中一點甜。風光的時候撲上來抽個水給你錦上添花，通街都是這樣的人吧，人與人之間最可貴的難道不是雪中送炭嗎？

請務必對自己誠實

有些人表面看來很開心，但其實內心很痛苦；有些人連表面也看得出很痛苦，但真正的原因讓你猜一千次也猜不出來。

英國心理學家Stephen Grosz寫過一部他醫治病人的隨筆 *The Examined Life: How we lost and find ourselves*，當中有些個案挺震撼的。其中一個家庭主婦，三子之母，經濟環境不錯，人人都羨慕她家庭美滿。她因為恐慌症求診，專家跟她深入談過多次仍找不出原因，後來她才尷尬地說出這件事 (即是她自己一早就知道問題源頭)：她搞了七年婚外情，對象是孩子們的褓母(女性)。她無法忍受失去這位愛人，於是千方百計令自己一次又一次懷孕，令褓母留在自己身邊。

另一位男病人多次自殘，專家設法與他作心靈溝通，他卻總是築起一道牆，甚至不再見醫生。不久之後，醫生收到這位病人的未婚妻寄來一封信，表示他已自殺身亡，家人並已為他舉辦喪禮。醫生心中也不好受，發了慰問信到病人家裏。半年後，醫生收到這位病人來電說：「Hello！我未死呀，那封說我自殺的信是我假冒未婚妻的名義寄給你的，我還收到你寄來的慰問信，寫得很感人呢。」醫生終

於發現問題的核心——他需要震撼身邊的人。原來他童年時父母離異，父母常常打架，也打孩子。他需要不斷傷害自己來引別人注意，獲取關心。

人呢，講很多大話，拚命傷害自己，拚命傷害別人，以為這樣就可以裝成若無其事地繼續生活。「我好幸福啊！我好幸福啊！」這樣喊口號來麻醉自己。何必搞得這麼複雜？做人如果肯誠實一點，就不用吃那麼多苦了。

Insight

- 愈壞的事，愈要面對。不要用謊言去掩蓋瘡疤，因為無論怎樣遮掩，那疤痕永遠都在。我反而覺得不要害怕展露疤痕，它是我們的戰利品啊。

第 9 章

要學懂生活，
而不是生存

原來老天爺一直
給我打暗號

沒見Silvia才剛剛一年，她胖了至少二十磅，還是那麼使勁地吃，而且總是邊吃邊強調自己大吃大喝有十足的理由。

「我外婆、媽媽、阿姨和表姐都患癌，這都在我們的遺傳基因裏，我知道自己有天也會有cancer，邊個可以鬥贏個天？所以我從小就決定要盡情吃，盡情玩，與其終日擔心自己幾時死，倒不如活在當下。就算短命，都要不枉此生！」Silvia發表偉論之際又掃光了整碟炒飯。（順帶一提，我每次用的名字都是化名。）

她吃東西的表情很像死囚行刑前吃最後晚餐，出盡力、豁出去地吃。一個人住的她，躺在梳化煲劇時總愛捧一盒家庭裝雪糕。去年的蟹宴，她一次過吃了三十二隻大閘蟹，所有人都看傻了眼，她卻洋洋得意地說：「我就是這樣活在當下！」在內地一些三四線城市旅行，晚上街角有小販賣燒肉串，當地朋友見過有小販混入老鼠肉，她卻不理，竟吃了差不多四十串，之後嘔了兩天。

才三十出頭，Silvia就有痛風，撐著拐杖大半年，還有膽固醇、血糖、體重超標等數之不盡的健康問題。「我的遺傳基因就是這樣，遲早會生cancer。」她聳聳肩說。明明是因為自己吃得放蕩才周身病痛，卻賴個天。連老鼠都吃，別稱這是為了「活在當下」。我很喜歡吃，卻討厭與不珍惜食物的人同吃。是的，我把Silvia歸類為「不珍惜食物」。

別以為吃光所有就叫「珍惜」，一座食物焚化爐而已，毫無節制地狼吞虎嚥抹煞了一切味道，「珍惜」應該包含欣賞、細味，這樣才算尊重食物。填飽肚子，是生存；細味食物，是生活。

Insight

- 老天爺總愛向人打暗號,玩猜謎。「家族裏多人患癌」的謎底是什麼?是告訴人要格外注重健康,多做運動,保持心境開朗?還是要人趁未死,有得食就好食,餐餐吃得像鯨魚?細心觀察,會發現原來老天爺一直在給我打暗號,如果我早些注意到,就會吃少一點苦頭。

- 「活在當下」很容易成為生活放蕩的藉口。表面上令心裏好過,實際上卻害了自己。

原來這樣很無禮

在法國到餐廳吃飯，千萬不要揚手召喚侍應，因為這被視為非常沒教養。一舉手，看來就會像（請用普通話讀出）：「服務員！」那種無禮的呼喝，極不文明。那不召喚侍應如何點菜？等。放下餐牌靜靜地等，或望望侍應對他微笑，侍應就會自動過來。當然，這也視乎侍應的質素和人手。

香港的進餐文化完全不同。我們必須揚手召喚侍應，否則坐到天荒地老也不會有人理你。這第一是文化不同，第二是香港舖租貴，薪水開支能省就省，侍應往往人手不足。落單、遞菜、埋單，打風一樣，侍應是功能性的，人情味只能偶爾在小店或老店找到。

美國的大城市又是另一種文化，朋友到三藩市公幹，在平民化和高級餐廳都吃了幾頓飯。「侍應在你點菜時已把結帳簿放在你的枱面，每隔幾分鐘就有一個侍應來揭開帳簿，看看你是否已把鈔票放在簿內，他們很看重貼士。吃一頓飯，不同侍應過來翻結帳簿超過十次，客人很受騷擾，侍應似乎當你是賊，怕你不付錢所以經常過來檢查帳簿呢！」

在巴黎的高級餐廳，侍應就每一道菜的介紹有時連法國人也會聽不懂，因為用詞艱深，不斷chok字，而且說話速度極快。法國是崇尚知性思考的民族，若被人知道你看TVB師奶肥皂劇會被「藐」爆，法國電視台經常播放哲學辯論、文學講壇。餐廳侍應的講解聽不懂才顯得高級，法國人會微笑點頭，扮聽得明。

一位長居法國的港人朋友到印度旅行，鄰桌坐著一對奧地利夫婦。不只法國，歐洲普遍都有不召喚侍應的用餐文化，而印度則像普遍亞洲地方是需要召喚侍應的。奧地利夫婦看罷餐牌，不斷望著侍應微笑，卻無人理會。夫婦一直等，一直等，我的朋友終於忍不住告訴他們──想有飯吃就得召喚侍應啊！

Insight

- 任何規矩或禮儀的出現，背後一定有它的原因。法國人喜歡安靜，輕聲說話，而且在餐廳不揚手也表示信任侍應會主動過來。除了得到溫飽和味蕾的滿足，觀察人的行為也是一種趣味呢。

落地生根

朋友從南非來香港旅遊，她是當地新興代的中產黑人，在時裝雜誌當編輯，丈夫是建築師，住在四千呎花園獨立屋，還有私人網球場，兩名由津巴布韋偷渡來的婦女負責打掃煮飯。在南非，中產已可過著這樣的生活，這座房子才三百萬港元，很多香港人收入比他們高N倍也只能擠在劏房。

羨慕嗎？我六歲之後就不相信世上有任何不用付出代價便能得到的好處。這個朋友認識一位父親，有以下遭遇：

這位父親駕車送讀中學的兒子參加課外活動，把車停泊在學校門外等候兒子時睡著了。兒子放學出來見車門上了鎖便搖晃車門，在睡夢中的父親猛然驚醒，自然反應拔槍自衛——親手殺了自己的兒子。

「問題是，為何父母去接孩子放學竟然需要帶槍？因為大家都感到不安全呀。」朋友說。「即使在自己家裏，睡到半夜也有可能被人劫殺。在南非，教育水平不高的話很

難找到工作，走投無路就去偷去搶。我們完全沒有『可以用』的公共交通工具，去每一個地方都必須駕車。有巴士，但從來不按班次時間表；搭地鐵和火車跟送死無異，匪徒看準你每天特定時間搭車就會部署搶劫。本來把錢拿去就是了，但很多匪徒拿了錢還會殺人打人，連兩歲小孩都殺。不少人離開南非都是因為這兒的罪案，除此以外，居住環境是一流的。」

Work life balance 直接影響生活質素，朋友說南非人從不加班，如果她的丈夫晚上七點還未回家便得發散人去找，因為很可能出了意外。丈夫每天一定準時五點收工，連計必會遇到的嚴重塞車，回家的車程需要一個半小時，正常來說六點半便回到家。我很久以前到過開普敦，人民生活悠閒，在大街的左右兩邊建橋，起到一半發現兩邊不接，便由得它擱在那裏，多年來不拆不改，當成裝置藝術。南非的Safari倒是比較值得看的，我喜歡看野生動物和一望無際的草原，冬天在風中靜靜顫動的長草和大地脫了色的蒼涼很教人著迷。

在種族隔離政策的年代，黑人在南非真是如地底泥的。現在呢？這位黑人朋友說：「有些白人不滿資源分佈偏幫黑

人，就以讀大學為例吧，如果一個黑人青年三代都是洗廁所，如何能負擔大學學費？但白人從來不知原來廁所是要洗的，因為他們一出生就有黑人為他們做了，這些既得利益者卻批評政府撥資源供黑人上大學不公平。」

我問另一位在南非土生土長的印度人，她的版本又有點不同：「黑人由以前被打壓到今天掌權了，說他們完全沒有自我膨脹是騙你的。以前批評政府貪污、極力爭取廉潔的政黨勝利了，他們上台後卻貪得比之前的政黨更厲害，權力真的會使人腐化啊！」

要知道一個地方由哪個種族話事，只需問一個問題：「警察是黑人還是白人？」朋友說現在絕大部分是黑人，只有幾名高層仍是白人，都是前朝遺留下來的，類似香港回歸後仍有寥寥英國人在警隊裏等退休。

我這兩位朋友都因為工作關係，曾在英國、杜拜和日本等各地居住數年，但最終還是遷回南非，然後天天抱怨治安差、政府貪。生活當中有很多取捨，沒有一個地方是完美的啊。

Insight

- 當你踏遍天涯，然後來到一個地方會讓你呼一口氣說：
  「終於返到屋企喇！」這就是你落地生根的地方了。

錢可以摧毀品味

旅居外國的朋友想回港租或買房子，請我幫忙找一下。

經紀介紹了一座房子，七十年歷史。出售的是一座三層樓房的地下。我走進房子，木地板吱嗄吱嗄地響著，日久失修，非常殘舊，但樓底很高，透過大廳的落地玻璃窗可看見小庭園。古老的鐵窗框很有味道，現在大概很難找到了。據經紀說，業主是一對老夫婦，住在這裏半世紀，後來丈夫過世，子女移居海外，就剩下老太太一人獨居，她無力打理庭園，雜草叢生，野玫瑰也不再開花了，她便遷進老人院去。聽經紀的口吻，老太太的子女是擔心母親時日無多，急於趁她在生時賣掉房子分錢。其實在睇樓過程中，也遇過好幾次子女急著賣樓分錢。桌上凌亂地散著幾張舊照片，有張黑白婚紗相，郎才女貌美得像電影明星。

「這就是業主夫婦，聽他們的子女說，父母是有文化的人，喜歡看書、畫畫。你看庭園裏樹下那張木長椅，老先生在世時，夫婦倆常坐在那兒喝茶聊天。」

我走到庭園，避開雜草，在木長椅坐下來，抬頭看看那棵枯乾的柏樹，心裏默默祈求那位能買得起這裏的人一定要好好愛惜這座房子。

兩個月後，我偶然路過，從外面看見庭園正在裝修，樹木全給剷除了。聽經紀說，老太太的子女務求把房子盡快脫手，也沒多講價就快速賣掉了。我再路過的時候，那些極有氣質的古式門窗和落地玻璃已統統被鋁窗取代，門口的歐式鵝卵石小路改為水泥，原本栽種花草的庭園地面改鋪石屎。

沒品味的人擁有錢，對人類文明是一種威脅。

我心裏很難過，好好一座富有人情味和格調的房子，如今變得這樣cheap。子女看著父母在這裏廝守半世紀，自己在這裏長大，這座充滿回憶的房子到頭來也不過是急急脫手的一件貨。就恨我沒錢買下這座房子，讓它給暴發戶白白糟蹋了。繞了一個圈子，還是錢。

第 10 章

不要勉強自己，
即使對父母親人

父母兄弟
也講緣份

朋友Sherry的爸爸突然驗出患了肺癌，情況相當嚴重。還未到六十歲，不煙不酒，家族也沒有患癌紀錄，醫生說是基因變異（即等於「莫須有」吧）。不幸中之大幸是現在有標靶藥，對Sherry的爸爸非常有效。有了標靶藥，她的父親不用化療或電療，雖然是癌症卻沒有受過什麼痛苦，就每天服一些藥丸，跟傷風感冒差不多。

這樣聽來，世界很完美吧？是的，只是得加個註腳──如果有錢的話。標靶藥每月的費用是六萬元，而且不是一兩個月的事。雖然幾個月後的藥費會稍稍便宜一點，但依然昂貴。Sherry是孝順女，必定會讓父親得到最好的治療。所以，真正的「幸運」其實並非發明了標靶藥，而是生了一個有本事又有責任心的好女兒吧。

可能有人會說，跟運氣無關啊，是父母教得好。啊，是嗎？Sherry有個比她小兩歲的妹妹，同樣的父母，同樣的成長環境，妹妹讀書不成，又不找工作，在家裏偷錢，還填了姐姐的資料做借貸擔保人，大耳窿到Sherry上班的地方淋紅油，老細勸她自己遞信。她奮鬥多年的事業，就因為一個除了血緣關係就什麼連繫也沒有的人——剎那摧毀了。之後，那位妹妹突然以全身名牌現身，聲稱交了有錢男友，卻沒給過父母一毫子家用。當聽到父親藥費的金額，立即說自己要陪男朋友去美國做生意，短期內不會回來。

教得再好的父母，也有可能生出累人累物的下一代。「我妹凡事只會考慮自己，從未當過我們是屋企人。」Sherry感慨地說。各人天賦有異，讀書叻嗎？能賺錢嗎？長得美嗎？身體健康嗎？這一切都不應該影響一家人的感情。

但原來，父母兄弟，也講緣份。
小時候以為「血緣」就是最大的緣，年紀漸長才知是一場誤會。

Insight

- 常道「隨緣」，意謂不要執著，包括血緣。

親情值幾錢？

朋友聊起他的親戚最近玩爭產。

不是開玩笑，這真是鬧著玩的一場遊戲，六個子女爭奪居於屋邨的父親不到八萬元遺產。幾百億身家就話爭，每人分得萬幾蚊都好爭？而且還爭到頭崩額裂，對簿公堂，扣除律師費和付出的時間，分分鐘車錢都蝕埋。但不論金額多少，這些人的想法就是「我應得的」。你是老爸的孩子，我也是老爸的孩子，憑什麼你有我無？

可什麼又算做「應得」呢？出生就擁有好東西，只能說好彩。任何不是靠自己努力而獲取的，都不配稱為「應得」。

然後就開始細數電視機的維修費是我付的，阿媽上次睇醫生是我埋單的，人人都覺得自己是吃虧的那一個。

這場爭產遊戲涉及六兄弟姊妹。阿媽生了五個女，五妹出生的時候養不起，便將她賣了，但當第六名孩子是兒子，又忽然養得起了。買下五妹的家庭承辦幾條街的倒垃圾服務，她才幾歲大就要做童工倒垃圾，過的是辛酸日子，也因為全身都很臭所以沒有人願意跟她做朋友，而養父母生的孩子當然毋須做這些粗活。

此後失聯幾十年，母親臨終時好想再見五妹一面，家人找到了她，母女倆相擁而泣，五妹大方原諒了母親。此後十年一家人常有見面，直至父親離世，發現他有八萬元遺產，兄弟姊妹就反目了，幾萬元就買起了親情。五妹覺得自己應該分得大份，這是全家欠她的。其他姊妹卻認為她前半生沒有給父母家用，沒有道理能分到遺產。這樣想來，儲蓄倒真是一個壞習慣，假如老人家一毫子也不留，子女就不用爭了，原來窮到燶有助家庭和睦。

Insight

- 百世修來同船渡，那麼能成為一家人又是修了幾千百世的緣份呢？只是同搭一條船也不一定同路，還可以轉火車、巴士，或乾脆走路。對於親情，不用執著。問心無愧就好。

第 11 章

放棄也是一種成熟

已經完了，就別在
回憶裏不斷美化他

有人問我：Daisy，你有沒有試過很愛很愛很愛一個男人？
當然有呀！沒有這種經驗豈不是枉為女人？當然，後來加
深了解，後悔又是另一回事。

我跟許多女生一樣，都曾有過「愛到癲」的經驗，尤其是
年紀小的時候，見少一秒都覺得心痛，無時無刻都想看見
他、抱著他，恨不得馬上跟他結婚。

然而漸漸長大，我發現除了這個男人，我還渴望擁抱許多人生中美好的事物，於是我的世界變得闊了，生活更豐富了。戀愛，原來並不是生命的全部，只是其中一部分。

假如發現「貨不對辦」，盡快結束這段孽緣是最好的方法，何必蹉跎歲月，浪費光陰？「你為什麼會跟這個人分開，到了最後，你心底裏必然對這人有個判斷。認清了他的真面目，就別在回憶裏不斷將他美化，把自己包裝得他媽的淒美。」我曾在《沒有你，不會死！》這樣寫道。當日我寫這句話的時候，是因為看見身邊太多女性朋友一直活在回憶之中，並不斷美化回憶中的他──那個已經失去了的他。

假如你冷靜地重新審視這段回憶，會發現原來他並不是你想像中那麼好。你一直愛著的，其實是你想像中的那個人，而不是現實裏那個千瘡百孔的男人。

也許你會嘗試為他辯護，每個人都有缺點啊！他可不是聖人呢！然而當你一次又一次審視這段回憶，終會發現任何辯解都顯得牽強，終會明白現實裏的他其實並不那麼值得你去愛。

Insight

- 別再美化他，別再美化回憶，也別再欺騙自己了。快樂只有一個方法──對自己誠實。

有些人會留下，
有些只是過客

Open kitchen 裏煮著的咖啡香氣充滿了整個客廳。我一邊聽 Bach French Suite No.4，一邊將玻璃球掛在聖誕樹上。天氣似乎是認真地冷起來了，蘭開夏道給披上了一層初冬的薄紗，一段很久以前的回憶突然莫名其妙地浮上來。

大學某年聖誕，我到男朋友家裏去，他姊姊當時正在英國留學，父母則旅行去了，整座房子由他一人獨佔，在這種情況下有什麼好得過邀女朋友到家裏過夜？於是我們掏光了幾個月兼職賺來的錢買了兩瓶紅酒、送酒的芝士和乾麵包，愉快地在他家裏享受這頓「聖誕大餐」。沒料到半夜大門竟突然一陣打衝鋒般的蕩開，他爸媽拖著大堆行李提早回來，我們面面相覷，他母親眼裏寫著「衰仔我知你剛

剛做過什麼」，而事實上我們除了討論維根斯坦的語言哲學，什麼也沒做過。

很久沒想起這個男孩了，如今忽然回憶起，才想到原來自己曾經好喜歡他。我愛他嗎？I can't say for sure。但即使今天，在回憶的深處仍有一些零碎畫面……

我記得大家好開心好開心的時候，我真的有那麼一刻跟自己說，我要跟他一生一世，那時連BB仔的名字都起了，後來還不是分開。

我人生中有段很迷惘的時間，老是要問為什麼，為什麼所有美好的東西最終都會消失，為什麼世上沒有任何東西可以永恆，既然我們最終都會死為什麼仍要努力活著，他說這些問題毫無意義，因為根本不可能知道答案，可是我不得不去想，人怎能在不知為什麼要活著的情況下仍繼續活著？我被自己的問題困擾得很難過，而我覺得他不明白我，這使我加倍難過和孤單，然後又是「小姐你別再耍脾

氣好不好」，大家都落得心情鬱悶，吵架，冷戰，和好，
又吵。

我也記得大學時常常一起追看流星雨，每次都說是三百年
一遇，於是我們每次都瘋了一樣去追看，但印象中一年總
能看幾次。

畢業時所有人都夢想入Big Four，畢業後晚晚
OT趕著爬升職階梯，與此同時肚腩也愈來愈
大，脖子的贅肉愈來愈多；因為遲早都要結
婚，所以也就結了婚，買樓，生仔，放工去讀
MBA，第二日返工繼續做奴隸獸。女人沉迷韓
劇，男人對年輕女trainee有性幻想，多半是出
於無聊和枯燥，生活是日復日的重複，除了上
班下班供樓和聽老婆講家教會的是非，完全是
空洞的。

我不知這是否就是大家一直渴望得到的美滿人生，但我

讀大學的時候就對自己說，如果我奮鬥半生就為了得到這些，我會看不起自己，所以我就選擇跟別人不一樣的路，繼續問為什麼，繼續尋找，儘管很多時其實我並不太清楚自己想尋找什麼。

我向那個男孩提出分手，他不明白。後來我花了點時間，才學會接受世上不可能有人徹底明白另一個人。開始寫作後，我很高興某些人不明白我。假如那些人明白我，我應該反省自己。他(很不幸)在我迷惘和不成熟的時候遇上我。Timing——that's what people say。

我看著聖誕樹上的玻璃球，想起我曾經跟他說：「如果我一個人去了很遠的地方，你要習慣沒有我。」

他答：「我會去找你。」

我別過臉去擦眼淚。結果分開了，他卻曾經讓我那麼感動過。

為什麼所有美好的東西最終都會消失？為什麼世上沒有任何東西可以永恆？說實話，我現在不需要永恆，最終消失又如何？我把熱騰騰的咖啡捧在手裏，咖啡最美好的地方在於香氣多於味道，好的咖啡就算喝光了，香氣猶在。

Insight

- 人生是一場旅行，途中會遇到許多不同的人，有些會留下，有些卻是過客。想到這裏，就不用太執著了。

心，愈輕愈好

我對總能保持家裏整潔的人由衷敬佩。有次去屋邨探訪獨居長者，一位九十歲婆婆的廚房讓我看傻了眼，鍋子刷得發亮，一塵不染得有點超現實，簡直就像日本電影文青女主角家中的廚房。原來婆婆當了幾十年馬姐，專業就是專業，由她一手湊大的孩子多幸福啊。

我是個忘記過去頭也不回的人，out of sight out of mind 是我做人的原則。旅行我喜歡看，很少買，生活上也只買必須的，問題是如何定義「必須」。比如說，你會不會保留音樂會的場刊？我呢，每年最多只留一份，就是不聽那場演出會覺得人生有了遺憾那種程度才會保留場刊。我

有一位朋友，收藏了這輩子聽過的所有演奏會場刊，有次家傭不小心弄掉了一份，他抑鬱了整個星期。A sense of incompleteness——他被這種情緒包圍著。就像一個完美的圓突然崩了一角。無論儲藏任何東西，一旦發展成「集郵癮」都是無底深潭。

說到這裏，你一定以為我的家很整齊吧？實不相瞞，簡直亂得像兇殺案現場。有兩個原因：第一、懶。由幼稚園、小學到中學，老師派成績表時都這樣訓話：「如果你不是這麼懶……」造句練習：「如果我不是這麼懶，我早就嫁入豪門。」「如果我不是這麼懶，我早就研發出吃極不胖的藥。」只要不影響別人，懶惰有什麼問題？我喜歡日出就欣賞日出，日落就欣賞日落。

另一個家中凌亂的原因是我有兩類物品無法丟棄，首先是行政方面的文件、單據、可能對寫文章有用的資料、小說的新題材等等，例如書、給我靈感的一幅畫，這些都有保留的實際需要。日子久了就堆成一團，散落家中不同角落，看著已經心灰意冷，哪提得起勁去分類？還有就是衣物，我所保留的已是（我認為）必要的東西了，例如 Jimmy Choo 最 classic 的尖頭高跟鞋我有十二對，單是黑色就有三

雙——leather、patent leather、velvet。要襯衫嘛，有什麼辦法啊……

唉，望著滿屋雜物，有時實在禁不住問自己——人真的需要這麼多東西嗎？空手的來，空手的去。問題是未去之前我仍是資本主義的奴隸。

就是這樣了，每個人在執拾方面都有自己的死穴。人人都知道有收拾的必要，就是下不了決心啊。看到日本電視台採訪一個獨居年輕男人的家，滿目瘡痍，雜物堆積至天花板，到處散落著過期食物，專家說這類人可能會「孤獨死」。那夜我發惡夢，夢見電視台來採訪我的家……

我以為自己已經很亂，沒想到隔天去大學探望一位教授朋友，推開辦公室門的時候卡住了，側著身子鑽進去，地上的書本和文件堆積及腰，拆開了的零食直接放在地上和書

上，電視台應該去採訪的人是他！

也在紀錄片看過一位外國設計師，她不喜歡櫃子，衣服和物件放在竹籃子裏直接展示在走廊、客廳，從未見過如此富透明感的家，那種一目了然的感覺使人心靈也輕飄飄的。當然，先決條件是物品的數量極小。

在熱播的真人秀 *Tidying Up With Marie Kondo*，日本「收納女王」近藤麻理惠走入美國家庭教執屋，社交網站掀起了全球執屋熱潮。她寫的 *The Life-Changing Magic of Tidying Up* 售出過百萬本，暢銷三十多個國家，執屋竟然可以執到入選《時代》雜誌百大最具影響力人物實在不可思議。她教人只保留令你怦然心動的物品，「斷捨離」這概念對老外來說新鮮又震撼。

Insight

- 麻理惠教摺衫的方法是實用的，但其實執屋哪有什麼
  「magic」，還不是靠老老實實逐件執？我現在學會的
  是源頭減廢，再少買一點東西。不買就不用執，要懶就
  懶到盡。

第12章

贏了，
不需要告訴別人

關於擺架子

跟一位從事舞台劇幕後工作的朋友聊天，他提到有次為舞台劇尋找男主角，問了好多人，要麼檔期不合，要麼價錢太貴，最後找無可找，投資者逼於無奈找來一名過氣藝人，他十多年前曾紅過一陣，可惜實力欠奉，只靠gimmick，後來形象更愈來愈差，如今幾乎已無人認識，但只有他閒著沒事幹，收費也便宜，唯有讓他來演，結果弄出笑話連篇。

這傢伙先讓助手傳話要所有人的檔期遷就他，因為他很忙，但眾所周知他天天在家數手指，根本沒有工作。大家出於禮貌都盡量讓著他，於是他就對台前幕後說：「我都好明白，你們有機會同大師合作一定好緊張，但我希望你們能放鬆一點……」排戲的時候，每次輪到他唸台詞，他就說：「呀，冷氣好凍！」。調好冷氣，再來，他又說：「我想你們改改這裏……」改了，他嚷著：「哎呀，好口渴！」而那句台詞仍是唸不出來。好不容易才有工開，好好珍惜啦大叔，擺架子也得先照照鏡。我想起另一位朋友曾與 Pavarotti 同台演出歌劇，導演請 Pavarotti 綵排行走站立的台位，他斷然拒絕：「不是你告訴我怎樣做，是我告訴你怎樣做。」因為他是 Pavarotti。

也談談另外兩位女演員。第一位以歌手身份出道，後來也拍電影。有次跟一位音樂人聊起這位女歌手：「她初出道時，大家一起吃飯講笑。不出一年，迎面在走廊碰上，我跟她打招呼，她裝成看見空氣一樣，直行直過。那時她也不怎麼紅，只是剛開始有人識就已經變臉了。」另一位是電影女演員，我八卦問她的化妝師這名女演員愛化什麼風格的妝，化妝師卻說：「我什麼也沒做過。」我不明白，化妝師解釋：「呢位阿姐鍾意自己化妝，任何化妝師都不

能令她滿意，每次我都是自己坐在一旁玩手機，她自己化完了，頂多容許我輕輕touch up一下她的眼影。」

我一頭霧水。「你什麼都不用做，錢照收？」

「哈哈對啊！」

「那她為什麼要花錢請化妝師？」

「排場。」

相比起來，有些真正頂尖的大明星卻完全沒有架子，我聽過一位fashion stylist說：「當年幫梅艷芳做styling，梅姐讓我到她的家裏，打開衣櫃，『哪件合適你就隨便揀吧』，那時她已經紅透半邊天，卻很隨和。」也許是因為有實力就毋須透過擺款來掩飾內心的自卑，也可能因為自己也是從低捱上來的，有閱歷，有同理心。

有風範的明星是不需要排場的，也不需要名牌。他用什麼，什麼就是名牌。

吊詭的是，上司與下屬完全平等地相處，有時會令工作無法完成。我的一位朋友在領事館工作，他說以前那位領事很有架子，要求下屬在他行過時起身立正鞠躬，令同事們精神緊張。後來換了領事，新老闆為了一改前朝作風，提升士氣，便採取極端親民路線，跟下屬打成一片，像老友那般一起吃飯吹水睇波，還叫大家不用當他老細，結果真的沒有人當他老細，開會的時候，一個文員竟然叫領事幫他沖咖啡，最教人傷腦筋的是完全沒有人聽他指揮，他吩咐下屬的工作，下屬笑嘻嘻說餓了倦了又或乾脆說不想做，你發怒就不是我的好buddy啊。

其實老闆是否一定要令下屬害怕才能完成工作？不靠嚇還可以靠什麼？當然是錢。但如果並非跟其他公司的薪水有天文數字的差別，很多人(尤其有父母養的90後)根本唔care。那如何令下屬心服口服呢？用know-how。下屬無法解決的事情，落到上司的手裏都迎刃而解，員工才會服。單靠擺架子來充撐場面而實力欠奉，別人心裏還是看不起這個人吧。

Insight

- 有權而不用，才是真正的權力。

即使被抹黑也要沉住氣

有次跟一位已退役、贏過不少國際大賽的香港運動員聊天，他提到這件事：「那時我所處的環境是，每當有人贏了比賽得到獎金，其他人就會嘈，要求那人必須把獎金拿出來讓會裏所有運動員平均分。他們的理論是，雖然我們進行的是單人運動，但大部分時間一齊練習，算是team work，個人獨享獎金就是搞個人主義，打擊團隊士氣。當然也有人是出於妒忌，就算一些蚊型比賽只有數百元象徵式獎金也堅持必須平均分，甚至有次由電器店贊助的比賽送出一部雪櫃做獎品，我贏了，其他人竟要求賣了雪櫃大家分錢。終於來到一次我在大賽勝出，得到一筆獎金，其他人用盡方法阻撓我去領取，組織畏於群眾壓力就把獎金扣起來。這是我靠自己努力多年爭取回來的獎項，卻毫無道理地奪去我應得的獎金，我到處游說爭取直至筋疲力盡，最後唯有硬著頭皮去找『大老闆』，他是政府委任而非受薪的，本身是企業家。他聽了我的陳述便說：

『很抱歉，我無法改變這個組織的文化。』我很失望，正欲離開，他卻從抽屜取出支票簿問我：『張cheque我寫你個名okay嗎？』我完全嚇呆了！做夢也沒想過這樁糾纏多時的複雜事件，竟被他一個側身避開障礙，輕描淡寫地解決了。這位先生處理問題的方法是一種藝術。」

Insight

- 世間充斥不合理的人與事。有時需要剛強面對，但當爭吵和情緒將事情複雜化，與其跳入旋渦跟對方硬碰，倒不如繞過旋渦，避開無謂的枝節。只要能抓住問題的核心，不用花很大力氣就能一擊即中。關鍵是要忍住不跳入（或被扯進）旋渦一點也不容易啊，面對扭曲與抹黑，很多人先就沉不住氣，「抵唔住頸」跟對方扭打一團。打敗你的並非別人，而是你的情緒。

自我自主而不自私，
是成長的功課

一位舊同事經常在Facebook同老婆放閃，照片包括額頭貼額頭、擁吻、含情脈脈對望等「金都十式」。男人還不時發表愛的宣言，稱老婆是女神、soul-mate、畢生最愛，甚至會寫「情詩」(英文，嘩好高級)。兩人育有一子，是模範夫妻，人生勝利組。Perfect。

某天這位男士突然在Facebook宣佈離婚。其實很多人都知道他搭上已婚女同事才跟「soul-mate」離婚，更在這篇離婚宣言力數妻子的不是。啊，應該說「前妻」才對。但我覺得有點奇怪，正常男人滾到拋妻棄子，離婚必定盡量低調，最好沒有人知，這傢伙為何背道而馳，偏偏要在Facebook高調公開？

我懷疑他做了賤男KOL，那篇離婚宣言內一定有植入式廣告，但找來找去也找不到他植入了什麼產品，難道真有人會憨居到自製關公災難？Okay okay，又是愛恩斯坦贏了，他說：「Only two things are infinite, the universe and human stupidity, and I'm not sure about the universe.」

高調宣佈離婚大概是為了在別人知道之前搶先解釋。算吧，這種私事何須向外人交代？無論表面如何恩愛，兩個

人關上門面對面那種感受就只有這兩個人自己知道，其他人有什麼資格干涉？但他選擇公開，就等於Hey各位鄉親父老，一齊來干涉吧！

要風風光光地踏上舞台不難，下台的時候仍身影優雅卻不容易，分手最能看出一個人的風度。

最惹人反感的是他用這四個字來解釋為何要離婚——忠於自己。低級語言偽術。確是忠於自己，只是對老婆不忠而已。常常看見許多人濫用「忠於自己」這四個字來為自己的過失開脫。突然興致到上街裸跑，也可以稱為「忠於自己」。我寫了一本書叫《不怕別人眼光，勇於做自己的十堂課》，其中一章叫「忠於自己 VS 衝出嚟 7」。我很鼓勵大家不要在意別人的看法，勇往直前做自己喜歡的事，原則是不要將自己的快樂建築在別人的痛苦上。「忠於自己」與「只顧自己」只是一線之差啊。「自私」與「自我中心」也常被混淆，或在語言上偷換概念。老友，「白癡」與「白色」，怎能因為都有「白」字就蒙混過去？「白

癡」是負面的，「白色」卻是中性的，沒有好壞，只視乎你用什麼內容去填滿它。

「自私」是負面的，為了自己的利益可以傷害別人，「自我中心」本身卻不含好壞的價值判斷，這是一種point of view，從自己作出發點去看世界，一個自我中心的人不一定自私，相反，說不定因為自我反省多了，能想像其他人作為個體的感受，因而更有同理心。

我是一個即使長時間獨處也不會感到難受的人，但我也喜歡跟心地好、頭腦好的朋友一起吃飯喝酒吹水。人生苦短，我不會把時間浪費在沒有質素的人身上，然而「可以獨處」不等於「拒絕交友」，有些人卻混淆而談。曾有一位記者訪問我：「寫作是一個人進行的工作，那證明你的性格一定很孤僻。」我說：「的士司機一個人開車，那全球過億的士司機也一定很孤僻吧。」

中文「孤獨」聽來悲慘，常說「孤獨終老」；英文

「solitude」卻是一個很美的字，非但不慘，更是一種內在平安的心靈境界，字根「sol」解作唯一，也是太陽的意思，比如solar。我很喜歡一部名叫 *Happy People：A Year in the Taiga* 的紀錄片，它追蹤西伯利亞鄉村的獵人，在極端嚴寒之下，一個人帶著一頭狗進入森林，用祖先傳下來的原始方法狩獵，白雪皚皚，宇宙裏只剩人與大自然，物質變得徹底不重要，這是 solitude 的快樂。

Insight

- 其實我們每個人也有「只想到自己」的時候，分別是有些人會有覺醒，會有同理心，會明白別人的難處。我也是一個非常自我中心的人，從事創作的人或多或少都有這種特質。如何自主自我而不自私——這就是成長的功課。

作者：王迪詩
出版：王迪詩創作室

Design: Judy@WYsiNwyg

Photos (layout):
horse symbol Global42/Shutterstock.com, P.2 Anna-Marie West/Shutterstock.com,
P.13,33,47,70,84,93,106,125,143,159,168,184 Petr Malyshev/Shutterstock.com,
P.14,65,101,120,140 Andreka/Shutterstock.com, P.18 kref/Shutterstock.com,
P.22 irin-k/Shutterstock.com, P.34 alessandra101/Shutterstock.com,
P.37 Refat/Shutterstock.com, P.42 Kanea/Shutterstock.com,
P.48 Rock and Wasp/Shutterstock.com, P.52 Kulyk Maksym/Shutterstock.com,
P.56 Masson/Shutterstock.com, P.60 Andrii Muzyka/Shutterstock.com,
P.76,132,178 David M. Schrader/Shutterstock.com,
P.80 Skreidzeleu/Shutterstock.com, P.88 worradirek/Shutterstock.com,
P.94 Olga Sapegina/Shutterstock.com, P.98 Dennis van de Water/Shutterstock.com,
P.111 Annette Shaff/Shutterstock.com,
P.116 Ramon Espelt Photography/Shutterstock.com,
P.126 Dragon Images/Shutterstock.com, P.129 serav/Shutterstock.com,
P.135 Balazs Kovacs/Shutterstock.com, P.144 babaroga/Shutterstock.com,
P.148 siwawut/Shutterstock.com, P.151 JoeyPhoto/Shutterstock.com,
P.156 DarZel/Shutterstock.com, P.160 iravgustin/Shutterstock.com,
P.164 Anna Nemkovich/Shutterstock.com, P.172 chalabala/Shutterstock.com,
P.190 Hofhauser/Shutterstock.com, P.193 Zholobov Vadim/Shutterstock.com

Published in Hong Kong by CS International Media Group Limited

ISBN 978-988-16262-8-8

**做任何事都會有人欣賞，有人批評。
驚，就乜都唔好做。
Don't let other people define you.**

《下半生，難道就這樣過嗎？》

人之所以會變得麻木，
是為了保護自己。
起初，心是熱的，
卻因此而吃虧了，受傷了，
於是漸漸將自己抽離，
在周圍築起一道牆。

《王迪詩@辦公室》

在職場上, 誰沒遇過一兩個人渣？

鞋，不能亂擦。必須擦得窩心，擦得到位，一句說進你的心坎裏，把你勁想講但又不好意思講的話，痛痛快快的說出來。

我有一個夢：指著老闆的鼻子大罵：「@＄X★％！」然後把桌上的文件往天上一拋，拂袖而去……只要一次轟轟烈烈地炒老闆魷魚，都算不枉此生。但當我冷靜下來，又覺得可能會抱憾終生……

一個精明的老闆，一定會培植多於一個勢力，說得好聽是刺激雙方的良性競爭，說穿了是互助制衡。一方獨大，很容易威脅權力核心。

公司愛用「美人計」討好客人，好處是「零成本」。蝕底的是女職員，又不是公司。

《王迪詩＠蘭開夏道》
28歲女律師日記
「別了，IPO!」、律政鴨、港女
為何嫁不出、在 printer 通頂
的無數夜晚、與 banker 的曖
昧戀情、湊大陸客送 Prada
Gucci……
《律政強人》不會告訴你的律
師真實生活!

王迪詩小說

《我沒忘記 那年的你》
—《蘭開夏道》前傳

茫茫人海，
為何偏偏遇上你？

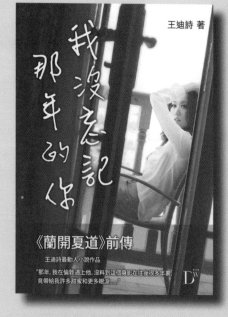

《我是我 · 王迪詩》(1-5集)

她的辛辣，為拜金的中環添上黑色幽默。
她的感性，為醜陋的香港添上詩意。

王迪詩時裝扮靚天書

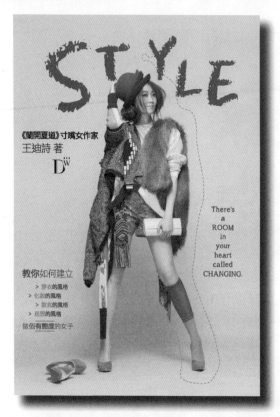

Daisy 與您分享:

- 如何做個有態度的女子?
- 如何mix & match
  創造自我風格?
- 吃什麼可令肌膚發亮?
- 不節食, 不運動,
  兩星期如何減掉7磅?
- 化妝護膚心得
- 最喜愛的時裝網店

做人的風格就靠兩種「氣」——骨氣和勇氣。
一個真正有風格的女人, 無論任何環境都能抬起頭做人。

有智慧的女人根本不需要名牌。她們穿什麼, 那什麼看來就像名牌。

「靚」是一種態度。我喜歡自己, 毋須在意別人的眼光。
化妝扮靚是一種樂趣, 並不為取悅男人。

就算五官不美也可以很有魅力。一個字——真。
虛情假意的人都很醜, 用再多化妝品都沒有救。

每個女人都應該擁有一雙玻璃鞋。
不用天賜, 也毋須王子贈送, 而是憑自己的本事去賺錢買。

《我就是看不過眼》1，2集

世上最悲哀的不是說真話會被打壓，
而是有權暢所欲言，卻不敢說真話。

失戀急救天書

《沒有你，不會死！》

網上訂購

閱讀王迪詩專欄
及
訂購簽名作品

www.daisywong.com.hk